KB073799

특별한 금쪽이
900일의 기록

김창학 지음

도서출판
소리원

CONTENTS

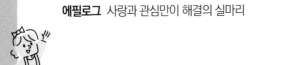

결국은 우리가 품어야 할 아이들

2023년 10월 24일 기준 보호관찰 인원 4만 6673명, 2022년 12월 말 기준 보호관찰 사건 19만 258건, 전국보호관찰관 1864명, 1인당 관리 대상자 102명. 2023년 2월 말 학교 밖 청소년은 전국 고등학교 학생의 1.9%인 2만 3981명, 특히 특성화고교의 학교 밖 청소년 비율은 3.9%인 7157명….

공사립 중·고등학교에서 35년을 근무하고 지난 2020년 8월 교감으로 정년퇴직하여 3년 동안 인사혁신처의 퇴직공무원 사회공헌사업(Know-how+)인 법무부 서울보호관찰소 특별보호관찰위원으로 위촉받아 활동하면서 체험한 내용을 상담노트에 기록한 900일간의 일지를 기반으로 책을 내게 되었다.

매년 증가하는 학교 밖 청소년 문제가 사회문제로 대두된 것은 어제오늘의 일이 아니다. 그러나 정부의 인식은 사회의 우려를 해소하지 못하고 있다고 생각된다. 그동안의 특별보호관찰 경험을 통하여 우리 사회의 보호관찰청소년 문제가 매우 심각하고 빠른 시일 내에 대처하지 않는다면 사회가 감당해야 할 사회적 비용이 심각하다고 판단하였다.

사회공헌 사업의 주무 부처인 인사혁신처에 퇴직공무원 사회공헌사업 운영 규정 개정과 관심을 가져달라고 건의하였으나 돌아온 대답은 규정 개정의 필요성을 느낄 수 없다는 통상적인 답변을 듣고는 이 책을 쓰기로 굳게 결심하였다.

인사혁신처는 답변에서 '사업 간 위촉기간을 달리 정하면 형평성의 저해를 초래하기 때문'이라며 규정 개정에 난색을 표했다. 하지만 보호청소년과 학교 밖 청소년 대책에 우리 사회가 관심을 갖게하기 위하여 그들의 실상과 고민, 갈등과 대책, 대안 등을 제시하여 보호관찰청소년 문제를 '특별한 금쪽이'라는 주제로 공론화했으면하는 것이 필자의 바람이다.

인사혁신처가 퇴직공무원 사회공헌 사업을 단지 퇴직공무원의 노후보장 내지는 복지 측면으로 본다는 느낌을 지울 수 없다. 필자는 보호관찰청소년을 비호하거나 옹호할 생각은 없으나, 왜 보호관찰 대상자가 되었는지를 제대로 알고 이에 대한 효과적인 대책을 세우기를 기대하면서 '특별한 금쪽이 900일의 기록'으로 세상에 알리는 역할을 하고자 한다. 이 책에 소개되는 내용은 실화이지만 보호관찰 대상자의 인권을 보호하기 위하여 가명으로 소개하였음을 밝힌다.

"왜 나는 세상에 태어났어요?"라는 질문에 "너는 이 세상에서 쓸모 있는 인간이기 때문에 꼭 필요해서 태어났단다"라고 마음속으로는 정리했지만 차마 내 입으로 말하지 못했다. 지금 이런 말을 해도 믿을 눈치도 아니었다. 미안하다는 말을 몇 번이고 되풀이했고 나는 결국 할 말을 잃어버렸다.

"판사님! ○○이를 소년원에 보내지 말아 주십시오. 법이 허용하는 범위 내에서 소년원에서의 교육보다는 현행 보호관찰을 통해 사회 적응을 도와주시기 바랍니다. ○○이의 잘못도 크지만 모든 잘못을 ○○에게만 돌릴 수는 없습니다." 나는 내가 맡은 보호청소년의 재판정에서 재판장에게 호소하였다. 재판장은 나의 호소를 받아 주셨다.

현장에서 보호청소년의 변화를 지켜본 필자는 관심과 사랑, 전문성을 가지고 보호관찰청소년을 지도하고 멘토링한다면 보호청소년의 일탈을 막거나 줄일 수 있다고 본다. 사회의 냉대에 등을 돌렸던 우리 금쪽이들이 마음의 문을 열고 다시 학업을 이어가고 일자리를 찾아 새 삶을 개척하는 모습을 현장에서 보았다. 세상의 변화를 눈으로도 직접 확인하였다. 이것이야말로 사회적 비용을 줄이는 일이라고 생각했다.

우리 사회의 학교 밖 청소년의 증가도 사회적으로 심각한 수준이다. 학교 밖 청소년은 2023년 2월 말 전국 고등학교 학생의 1.9%인 2만 3981명, 특히 특성화고교의 학교 밖 청소년비율은 3.9%인 7157명이 학교 밖으로 나간다는 사실은 모두 보호청소년이 되는 것은 아니지만 잠재적 보호청소년이 될 수밖에 없는 현실이다.

3년 동안 필자가 담당한 보호관찰 대상자의 67%가 학교 밖 청소년이었다는 사실은 학교 밖 청소년이 보호청소년으로 전락할 가능성이 높다는 것을 경험적으로 증명된 사실이다.

이 책이 이제라도 학교 밖 청소년과 보호청소년에 대한 근본적인 대책을 세울 수 있는 계기가 되길 바라는 마음이 간절하다. 부디 이 책을 읽는 독자들은 학교 밖 청소년과 보호대상 청소년들을 우리 사회의 따뜻한 품속으로 품어주는 일에 동참할 것을 부탁한다.

2023년 초겨울

김 창 학

추천사

학교 밖 청소년의 내비게이션 될 것

——

이종배 전 서울시교육청 교육연수원장·교육학박사

이 시대 우리의 청소년들은 어떤 꿈을 꾸고 있을까? 그 꿈이라는 목적지에 안전하고 정확하게 도착하기 위하여 언제 어디서 어떤 형태의 도움을 받고 있을까? 사실, 아주 어릴 땐 부모의 역할이 절대적일 수밖에 없을 테고 성장하면서 그 범위는 확대되어 친구, 학교 선생님, 주변의 지인 등 많은 이들로부터 도움과 가르침을 받을 것이다.

그러나 어떤 청소년들은 이유 여하를 막론하고 아무런 도움을 받지 못하거나 심지어 잘못된 길로 인도되기도 한다. 누구의 잘잘못을 논하기에 앞서 그들이 처한 상황이 급박하고 엄혹한 경우가 종종 있으며 그것이 사회적 문제로 대두되는 경우도 많다는 것을 우리는 알고 있다.

이 책의 원고를 읽고 깜깜한 어둠 속에서 고통받는 청소년이 생각보다 많다는 것을 알고 놀랐다. 저자와 마찬가지로 교직에 몸담았던 사람으로서 할 일을 다 하지 못한 것 같아 부끄럽기 짝이 없었다.

저자의 교육철학은 현실적이고 진정성이 가득하다. 학생들이 각자의 꿈을 소중하게 여기고 그 꿈을 이룰 수 있도록 온 힘을 기울여 지도하는 것은 물론 하나하나의 성장을 기록하고 그 기록을 바탕으로 꿈 너머 꿈을 이야기한다. 결코 뜬구름 잡는 일을 하지 않는다. 이러한 저자의 철학이 보호관찰청소년의 지도로 연결되었고, 그 결과물이 책으로 나오게 되었다.

학교에서는 모든 학생을 잘 가르쳐서 훌륭한 인재로 키워내야 하지만, 많은 인내가 필요한 학생들이 분명히 있다. 이들을 어떻게 품어야 하는지에 대한 각론은 학교교육에 맡겨 둔다고 하더라도 이미 학교 밖으로 나온 청소년, 그리고 그와 비슷한 처지의 청소년을 위한 나침반 역할을 누가 어떻게 해야 하는지에 대한 대답을 이 책은 알려 줄 것이다.

함께 더불어 살아가는 세상 속에서 모든 청소년들이 밝게 웃으며 각자의 소중한 꿈을 노래하는 세상이 이루어지는데 저자의 이 책이 내비게이션 역할을 할 것이라 확신한다.

특별한 금쪽이
900일의 기록

I

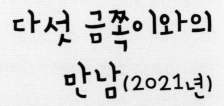

다섯 금쪽이와의
만남(2021년)

I. 다섯 금쪽이와의 만남 (2021년)

두려움이 반 호기심이 반이었다는 표현이 솔직한 내 마음이었다. 아내는 내가 보호관찰위원으로 활동하겠다고 이야기하자 무조건 반대하고 나섰다. 그동안 교직에만 있었던 사람이 어떻게 험한 보호청소년을 대상으로 보호관찰 업무를 할 수 있냐는 것이었다.

일반인의 시선에서는 무섭고 험한 일이라는 인식이 강하다고 본다. 내가 보호관찰위원으로 활동한다고 하자 주위에서는 대부분 걱정하는 사람이 많았다. 나 역시 두려움을 갖고 있었다는 건 숨길 수 없는 진심이었음을 이제야 고백한다. 그러나 세상의 다른 아이들보다 따뜻한 금쪽이들을 만났다. 나의 기우였다.

2021년 3월, 나는 법무부 서울보호관찰소 특별보호관찰위원으로 활동을 시작했다. 35년 5개월간 중·고등학교에서 근무하다가 2020년 8월 교감으로 정년퇴직하였다. 퇴직 후 2021년 3월부터 퇴직공무원의 전문성과 경험을 활용하여 행정 사각지대를 해소하고 국민에게 더 나은 서비스를 제공하기 위해 추진하는 퇴직공무원 사회공헌 사업(Know-how+)에 3년간 참여하게 되었다.

이것이 바로 법무부 특별보호관찰위원으로 보호관찰 청소년들을 만나게 되는 계기다. 이 책에서는 보호청소년들을 우리의 아픈 손가락인 금쪽이라고 하기로 한다.

2021년 2월 1일, 공무원 전직 지원 컨설팅 제공업체인 제이엠커리어 담당 컨설턴트를 통해 인사혁신처의 퇴직공무원 사회공헌 사업(Know-how+) 참가자 모집에 응모해 보라는 얘기를 듣고 '청소년보호관찰위원의 활동'에 응모하였다.

그동안 법무부의 특별보호관찰위원 선정은 주로 보호관찰소의 퇴직공무원들을 대상으로 선정하여 운영하였다. 2021년도에는 당시 서울보호관찰소 김남중 관찰과장(현 천안지소장)이 새로운 방법으로 보호관찰업무를 개선하기 위하여 교직 경험을 가진 퇴직교원들에게도 기회가 주어지게 되었고, 교직자인 본인이 참여하게 되었다.

나는 퇴직공직자 사회공헌사업 참가신청서, 활동계획서를 제출하였는데, 훗날 들은 얘기지만 계획서와 의지가 남달라서 나를 특별보호관찰위원으로 선정했다는 얘기를 들었다.

그동안 보호관찰 경험이 있는 위원 2명, 교직 경험이 있는 위원 2명 등 4명이 청소년보호관찰위원으로 선정되었다. 한 명의 보호관찰위원이 3월부터 5명의 보호관찰대상자를 맡아서 월 2회씩 총 10번의 상담과 멘토링 활동을 진행하였다. 보호관찰 대상자들은 대개는 보호관찰기간이 2년인 2~6범의 전과 기록을 가진 학교 밖 청소년들이었다.

4명의 보호관찰위원 중 보호관찰소에서 근무 경험이 있는 1명은 2개월 후에 그만두었다. 다른 1명도 2021년 말에 그만두고 말았다. 보호청소년을 대상으로 멘토링과 상담이 만만치 않음을 보여주는 대목이다. 그래서 2022~2023년에는 보호관찰 경험이 있는 1명을 충원하여 3명이 특별보호관찰업무를 수행하였다.

매년 3월에 배정받은 보호관찰 청소년들을 처음 만났을 때 그들은 아무런 반응을 보이지 않았다. 사회에 대한 불만과 경계심으로 가득한 상태였다. 기다렸다. 1회에 3시간의 만남에서 듣는 기회를 가졌다. 보호자와의 만남과 전화 상담에서 문제점이 무엇인지를 파악하는 노력을 동시에 진행한다.

우선 동기의식이 부족하다는 사실과 사회에 대한 불만이 많음을 인식하였다. 지시형태보다는 경청의 시간을 가진 후, 내가 걸어온 길, 어려웠던 나의 경험을 공유하기 시작하자 말문을 열기 시작하였다. 2021년 첫해에 만난 5명의 대상자 중에 1명은 고등학교 졸업장을 갖고 있었지만 4명은 고등학교를 자퇴한 학교 밖 청소년들이었다. 독자들의 이해를 돕기 위하여 간단한 사례를 소개하기로 한다.

사례 1

　　○○군은 학교 부적응으로 고등학교 기간 동안 세 차례 전학을 갔었다. 1학년 말에 △△고, 2학년 초에 □□고, 3학년 초에 ◇◇고에 전학 후 어머니의 끈질긴 노력으로 고등학교 졸업장을 받았다. 부모님이 늦은 나이에 얻은 귀한 아들을 잘 키워보겠다는 의지 하나로 고등학교 졸업장을 받은 케이스였다.

　　온몸에 문신이 있는 상태에서 처음 만났을 때 덜컥 겁도 났다. 사회에 대한 불만이 강한 상태로 목표의식이 없었다. 끈질기게 설득과 진로에 대한 설명을 통하여 수능을 준비하겠다는 다짐을 받고 수능 준비를 하고 있다. 고등학교 3년 동안 포기했던 공부를 하기 시작하여 수도권 대학 진학을 목표를 삼고 지금도 열심히 공부하고 있다.

사례 2

　　중학교 시절 △△중, ◇◇중, □□중을 거쳐 ○○중을 졸업한 후 ○○

미용고에 진학하였지만 1학년 때 자퇴한 이○○군은 학교와는 거리가 멀었다. 100kg이 넘는 거구에다가 온몸에 문신이 가득한 모습에 위협을 느낄 정도였다. 초등학교 시절 부모의 이혼으로 가정에서의 생활은 어려워 조부모의 손에서 자랐다고 한다.

여러 차례의 범죄행위로 다양한 전과기록을 갖고 있는 학교 밖 청소년이었다. 현재는 이혼하여 어머니가 돌보고 있는 상태로 가정에서도 어떻게 할 수 없는 상태였다. 밤에는 야간 배달 아르바이트를 하고 받는 돈은 친구들과 술을 먹는데 탕진하였다. 끈질긴 설득과 노력, 상담을 병행하여 현재는 이삿짐 아르바이트를 종종 하고 있으며, 9월 중에 신체검사를 받고 군에 입대하여 새로운 삶을 살겠다고 다짐하였다.

사례 3

△△군은 ○○고 인문계 고등학교 1학년 때 자퇴를 하였다. 현재 아버지와의 갈등으로 대화를 하지 않으며 주로 운동을 하며 생활하고 있다고 하였다. 초기 면담 시에는 사회에 대한 반항이 강하고 불만이 많은 상태였다. 끈질기게 상담과 노력을 병행하였다.

8월에 실시하는 검정고시에 응시하여 합격하면 친구들보다 1년 일찍 고등학교 검정고시 합격증을 받을 수 있다고 설득하고 검정고시를 준비하였다. 2021년 8월에 7개과목 총점 503점, 평균 71.85점으로 합격하였다. 검정고시 합격은 아버지와의 갈등 관계를 해소하는 계기가 되었다고 한다.

검정고시에 합격했어요

___

"선생님! 저 검정고시에 합격했어요."

2022년 8월 30일에 걸려 온 한 통의 전화는 나를 감격하게 만들었다. 2021년 3월에 만나 12월 31일까지 특별보호관찰 대상자였던 승호가 흥분된 목소리로 2022년 8월에 실시한 검정고시에 합격했다는 사실을 나에게 맨 먼저 알려왔다. 1년 동안의 멘토링 활동은 종료되었지만 가끔 연락해 오는 승호는 검정고시 접수 때도 연락이 왔다.

2021년 3월에 처음 만났을 때 어떻게 변화를 시킬 것인가 고민을 많이 했는데 이제 검정고시를 통해 대학 생활을 하겠다는 어엿한 청년이 되었다. 공부라는 소리를 들으면 진저리를 치던 승호가 1년 동안에 무엇 때문에 변화하게 되었는가?

'청소년보호관찰위원'으로 전직

35년 5개월간의 교직 생활을 마치고 2020년 8월 31일 정년퇴직을 하였다. 퇴직 직전인 2020년 5월 1일 인사혁신처 연금복지과의

2020년 공무원 전직 지원 컨설팅에 신청서를 제출하여 인사혁신처 위탁업체인 제이엠커리어의 컨설팅을 받게 되었다.

제이엠커리어 담당자의 컨설팅은 사회 적응에 많은 도움을 받았다. 주위에 퇴직하는 공무원들이 퇴직 후에 무엇을 할 것인가에 대하여 많은 고민을 하게 되는데 나는 운 좋게 퇴직과 동시에 △△대학교에서 교육학개론을 1년 동안 강의를 하게 되었다. 퇴직을 실감하지 못하고 연계된 삶을 살게 되어서 퇴직이라는 생각을 잠시 잊고 생활할 수 있었다.

그리고 2021년 2월 1일, 공무원 전직 지원 컨설팅 제공업체인 제이엠커리어 담당컨설턴트를 통해 인사혁신처의 퇴직공무원 사회공헌 사업(Know-how+) 참가자 모집에 응모해 보라는 얘기를 듣고 '청소년보호관찰위원' 활동에 응모하였다. 응모 결과 법무부 서울보호관찰소에서 특별보호관찰위원으로 위촉받았고 3월부터 활동하게 되었다.

내가 맡은 대상자는 5명으로, 대상자 중 1명은 고등학교 졸업장을 갖고 있었지만 4명은 고등학교 1학년 때 학교를 그만둔 상태의 청소년들을 맡아서 보호관찰 활동을 진행하였다.

아이들과 소통을 위한 방법

내가 맡은 청소년들을 처음 만났을 때의 느낌은 벅차다는 느낌을 가장 먼저 받았다. 어느 누구도 마음의 문을 쉽게 열지 않았다.

승호도 마찬가지였다. 특성화고 1학년 10월에 공동폭행으로 학교를 그만두었다는 승호는 첫 만남에서부터 어긋났다. 약속 장소에서 2시간을 기다려도 나타나지 않았다. 발길을 돌려 집에 왔는데 늦게 전화가 걸려왔다.

"선생님 이제 일어났는데요."

"그래. 지금이라도 만날 수 있니?"

그렇게 해서 첫 만남이 이뤄졌다. 나는 약속 장소에 늦게 나타난 승호에게 그럴 수도 있다고 얘기하고 다음 만날 때는 늦지 않도록 하라는 말을 하고 헤어졌다. 정말 인내가 필요했다.

두 번째 만남에서도 승호는 약속 시간을 지키지 않았다. 나는 기다렸다. 화내지 않고 묵묵히 기다렸다. 세 번째 만남에서야 늦은 이유를 알게 되었다. 밤늦게까지 게임을 하기 때문에 약속한 시간에 일어날 수가 없다는 것이다. 나는 의미 있는 만남을 위해 나름대로 관찰 리스트를 작성하여 적용해 보기로 하였다. 승호를 비롯한 5명의 대상자들에게도 활용했다.

대상자의 ①참여도(태도 및 의지) ②목표 의식 ③반성 정도 ④시간 준수 여부와 보호관찰위원으로서의 중요한 업무인 ⑤재범 가능성(↑) 여부 ⑥사회 적응력 등 내 나름의 기준을 정하여 청소년 보호관찰 대상자 체크리스트를 만든 후 관찰하였다.

관찰 경과를 본인 및 보호자와 매달 공유하는 프로그램을 진행하였더니 점점 달라지고 있음을 확인 할 수 있었다. 처음에는 속마음을 털어놓지 않던 보호청소년들은 그동안의 과정과 삶에 대하여 털어놓기 시작하였다.

책 한 권으로 풀린 마음의 빗장

2021년 5월 13일에는 승호와 승호의 여자 친구와 함께 교보문고에서 도서체험을 실시하였다. 신기하다는 표정이었다. 교보문고 도서체험은 처음이라는 것이다. 어른들과 교보문고 체험을 올 기회가 없었다는 것이다.

교보문고에서 간단한 음료를 마시며 세상의 변화에 대하여 많은 대화를 나누었다. 교보문고 체험을 마치면서 승호가 편하고 쉽게 읽을 수 있는 책을 구입하여 건네주었다. '세진 쌤의 바로영어'라는 책 한 권을 선물했다. 교보문고 체험을 통해 승호와 좀 더 가까이 할 기회가 되었다. 교보문고 체험을 통해 승호가 서울 중심부에 있는 교보문고를 한 번도 와보지 못했다는 사실을 알게 되었다.

변화가 일어났다. 학교와 공부에는 관심이 없던 친구들이 검정고시를 통하여 대학을 진학하겠다는 것이다. 나머지 대상자들과도 교보문고 체험을 실시하였다. 체험 후에는 대상자들에게 꼭 필요한 책들을 한 권씩 구입하여 제공하였다. 더 가까워지는 계기가 되었다고 생각한다.

새로운 꿈을 키워 나가는 학생들

기적이 일어나기 시작했다. 항상 약속 장소에 나타나지 않아서 집을 방문하고 깨워야 일어났던 승호였었는데, 보호관찰을 받던 친구 △△가 검정고시에 합격했다는 소식을 전해주자 승호도 검정고시를 준비하겠다는 것이다. 기적이다. 공부가 싫어서 학교를 그만둔 아이가 공부를 하겠다는 것이다.

이렇게 하여 승호는 2022년 8월에 검정고시에 최종 합격하였다. 재범 가능성은 완전히 사라졌다. 2021년에 승호가 보호관찰활동을 마치면서 보내온 메시지이다. 철자법도 틀렸지만 삶의 목표를 세웠다는 내용이다. 얼마나 반가운 일인가?

66

저는 선생님을 만나기 전에는

하루하루 시간이 흘러가는데로

살아왔은데 이제는 계획이라는

것이 생기고 목표라는 것이

생겼습니다. 선생님이 저에게

관심을 주시고 만나면 좋은

훈화말씀을 해주셔서 한달에

두 번 만나지만 만나는 그 시간

만큼은 즐겁고 보람찬

하루엿습니다. 이제는 선생님을

볼 수 없지만 제가 세운 목표를

이룰 것입니다. 감사합니다.

99

무의미하게 인생을 살았는데 이제는 목표가 생겼다는 것이다. 세운 목표를 이루겠다는 다짐의 문자를 보내왔다. 검정고시까지 합격했다는 것이다. 학교 밖 청소년으로 걱정을 했는데 새롭게 태어났다고 한다. 한때의 잘못을 뉘우치고 건강한 청년으로 성장하겠다는 것이다. 얼마나 믿음직스러운 일인가?

2022년에도 5명의 보호 청소년 보호활동을 하면서 작년의 경험을 토대로 인내와 기다림으로 멘토링 활동을 전개하고 있다. 2022년도에 만난 ○○이는 보육시설에 있다. ○○이는 앞으로 보육시설을 나오게 되면 자립하기 위해서 열심히 아르바이트를 하면서 몸에 있는 문신도 제거하고 있다.

△△이는 검정고시에 합격한 후 내년도에는 부사관으로 입대하겠다는 계획을 세우고 있다. 한때나마 무기력한 친구들을 보면서 특별보호관찰이라는 사회공헌봉사 프로그램을 그만둘까 하는 생각을 가져 보기도 했다. 그러나 이제는 멘토링 날짜를 기다리고 멘토링 전날에는 연락해 오는 친구가 있다는 사실에 보람을 느끼기도 한다.

주위에서 보면 주로 등산이나 운동으로 노후를 보내는 경우가 많은 것이 사실이다. 재직경험을 살려 사회에 공헌하고 경제적으로도 보탬이 되는 삶을 영위하고 싶다면 사회공헌프로그램에 강력히 도전해 보길 추천한다. 멘토링이 끝난 이후에도 연락을 하고 있다. 승호가 멘토링이 종료된 이후에도 종종 연락이 온다. 검정고시 응시 후에 보내온 카톡 문자 메시지이다.

66

선생님 만난 이후로 생활이 바뀌면서
저두 용기가 생긴거 같아서 뿌듯합니다.

꼭 합격되길 기도중입니다.

응원해 주셔서 감사합니다. 선생님 남은 기간

실망 안 시켜드리고 최선을 다하겠습니다.

99

한때의 잘못을 뉘우치고 사회의 일원으로 돌아오겠다는 금쪽이들에게 비록 퇴직공무원 사회공헌 사업(Know-how+) 특별보호관찰위원으로의 활동은 종료되었지만 만남은 이어가고 있다. 나는 이렇게 응답했다.

66

○○이에게!

그동안 잘 준비하여 검정고시 보느라 수고했다.

어제 만났을 때 오전에 잘 봤다고 하니 합격했으리라 믿는다.

노력은 헛되지 않다는 사실을 확인할 수 있는

계기가 되었다고 본다.

노력하면 결과는 좋다는 사실을 명심하길 바란다.

잠시 어려움이 있었지만 참고 이겨내서 8월 30일 검정고시에

합격했다는 소식을 접할 수 있기를 바란다.

이제 검정고시도 끝났으니

잠시 냉정하고 차분하게 생각을 정리해 보기 바란다.

만약 합격하게 된다면 친구들보다 1년 일찍 찾아온 고등학교

졸업 자격이 ○○에게 큰 도움이 되기를 바란다.

내가 3월부터 지켜본 ○○이는 하려고 마음만 먹으면 무엇이든지

할 수 있는 학생이라는 것을 나는 믿는다.

그동안 수고했다.

합격한다면 조금 더 일찍 찾아온

행운을 잘 활용하여 헛되지 않은 삶을 살기를 바란다.

– 특별보호관찰위원 김창학

99

2023년 10월 31일 승호와 전화 통화를 했다.

66

"승호야! 잘 지내고 있지?"

"선생님! 저 잘 있습니다."

"어떻게 지내니?"

"계속 아르바이트를 하고 있습니다."

"그래 우리 승호는 성공할 거야."

"당연하죠. 선생님 제 스스로 최근에 ○○○ 자동차를 샀어요."

"축하한다."

99

밝은 모습의 승호와의 통화를 마치면서 조금이라도 사회에 기여
했다는 생각에 잠시나마 뿌듯한 생각을 가져봤다. 2023년 11월 19

일 승호에게서 다시 전화가 왔다. 이제는 어머니와 함께 △△프랜차이즈 가게를 같이 한다고 한다.

잠시 잘못으로 △△구치소에 있는 동생 면회를 같이 가겠다고 한다. 지난날의 잘못에 대하여 바른 삶을 살아가고 있는 자신의 모습을 보여주겠다고 한다. 얼마나 고마운 일인지? 이게 참된 변화이다.

멘토링은 종료되었지만 2년 동안 만남을 이어가고 있다. 만남을 이어가는 이유는 잠시라도 놓아버리면 다시 일탈하지 않을까 하는 걱정 때문이다. 지난날의 잘못을 뉘우치고 열심히 살아가는 모습을 지켜보면서 내가 사회공헌사업에 참여했다는 사실이 보람으로 느껴지는 것은 나만의 행복일까? 이게 보람이 아닐까 생각한다. 특별보호관찰위원으로 참여한 보람을 느껴본다. 조금이나마 사회에 공헌했다는 생각을 갖게 되었다.

청소년지도사를 꿈꾸다

2021년 3월 18일, 서울대학교에서 윤호를 만났다. 3월 중순의 관악산의 서울대 날씨는 매우 쌀쌀했다. 인문계 고등학교 1학년 때 자퇴를 한 윤호에게 꿈을 심어주기 위해서 만남의 장소를 특별하게 서울대학교로 정했다.

첫 만남에서 윤호는 본인의 잘못을 인정하고 법의 처분에 억울하지 않다고 대답했다. 내가 만나 본 대다수의 대상자들은 억울하다고 하는데 윤호는 자신의 잘못을 인정하고 지난날의 생활에 대하여 반성한다고 했다.

나의 오랜 교직경험으로 잘만 지도한다면 빠르게 정상으로 돌아올 수 있다는 자신감을 갖게 되었다. 부모의 도움이 절실하다고 판단하여 윤호 어머님께 윤호를 10개월 동안 보호관찰하겠다는 내용을 설명하고 도움을 요청하였다.

왜 윤호는 고등학교 1학년 말에 학교 밖 청소년이 되었을까? 궁금했다. 윤호가 학교 밖 청소년으로 전락한 이유는 그날 저녁에 윤호의 어머니로부터 자세히 들을 수 있었다.

윤호는 초등학교 4학년까지는 학교생활과 가정생활에 모범적이었다고 한다. 그러나 잠시 일탈이 아버지와의 갈등으로 이어졌고 윤호는 고등학교 1학년 말에 학교를 그만두고 사건으로 인하여 2년의 보호관찰 대상자가 되었다.

아버지와는 대화 단절 상태가 지속 중이라고 했다. 식사도 같이 하지 않는다고 하였다. 아버지가 윤호에게 거는 기대가 매우 컸었는데 충족시키지 못했기 때문에 대화가 이루어지지 못하고 있는 것 같았다. 조급하게 가지 않고 윤호가 달라지는 모습을 보이면 아버지도 마음의 문을 열수 있다고 생각하여 기다리기로 하였다.

첫 만남에서 변할 수 있다는 믿음을 가지고 '징검다리' 플래너를 준비하여 차분히 계획을 세우도록 하였다.

처음으로 들러본 '교보문고'

2021년 4월 13일, 윤호는 아버지와의 대화 단절 상태가 지속 중이라고 했다. 윤호는 2차례의 멘토링에서 고등학교 졸업장을 받아야 한다고 설명하고 끈질기게 설득했더니 현재는 무직 상태로 고졸 검정고시를 준비하겠다고 한다. 다행이다.

윤호의 일상은 늦게 기상하여 운동하는게 유일한 생활패턴이었다. 오늘 만남에서 점차 기상 시간을 빨리하겠다는 다짐을 한다. 조금씩 마음의 문을 열기 시작한다. 검정고시 합격 후 조기 군입대를 하겠다고 한다. 윤호는 고등학교에 다니는 여자 친구를 수업이 끝나면 집 근처까지 매일 데려다준다고 한다. 가장 기다려지는 시간이라고 한다.

윤호는 하루 5시간~6시간 공부를 하며, 운동은 3~4시간 정도 지속적으로 하고 있다고 한다. 불량 친구와는 만남을 하지 않겠다고 스스로 다짐을 한다. 재범에 대한 우려는 없어 보였다. 얼마나 다행인가?

나는 오늘 윤호에게 더 넓은 세상을 보여주기 위하여 교보문고 체험을 실시하였다. 교보문고는 처음이라고 했다. 엄청난 양의 책을 보면서 신기해했다. 교보문고에서 차를 마시면서 그동안의 삶에 대하여 많은 대화를 나눴다.

청소년들에게 용기가 얼마나 중요한지와 희망을 갖게 하는 것이 중요함을 새살 깨닫게 되는 순간이다. 오늘 교보문고 체험은 윤호에게 더 넓은 세계로 발돋움 할 수 있는 계기가 되었다고 멘토링을 마칠 때쯤 12월에 들을 수 있었다. 하반기 응시 예정인 검정고시에 대비하기 위하여 '시대 에듀의 고졸학력 검정고시 국어' 교재 한 권을 구입하여 줬다. 매우 만족해하는 눈치였다. 신뢰가 쌓이기 시작했다.

집으로 돌아오는 발걸음이 가벼웠다. 나중에 윤호 어머니에게 물어봤더니 늦게 기상하던 윤호가 오늘은 스스로 일찍 기상하여 교보문고까지 제시간에 찾아갔다는 것이다. 대견해했다. 변화가 일어나고 있다.

5월 7일, 다섯 번째 만남

윤호는 특별한 변화는 없으나 4월 27일 이후 몸이 아파서 운동량과 학습량을 제대로 채우지 못했다고 한다. 중학교 2학년 2학기 때 시작된 아버지와의 갈등 관계가 현재까지 갈등이 지속되고 있었다. 전혀 소통이 되지 않아서 마음에 상처가 크고 심리 회복이 필요하다고 보았다.

윤호는 아버지와의 관계 회복을 원하나 아버지가 고집이 세고 남의 의견을 존중하지 않아서 회복이 어려운 상태라고 한다. 가까운 시일에 윤호 아버지가 만나서 관계 회복을 위한 상담을 의뢰하여 아버지와의 상담을 고려 중이나 아버지가 타인의 말을 잘 듣지 않아서 상담이 효과적일지는 의문이라고 한다. 윤호는 가까운 친구들과 1주일에 1~2회 정도 만나지만 이제는 불량 친구들과는 거의 만나지 않는다고 한다.

현재 유튜브를 통해 검정고시를 준비 중인데 합격하면 복지 관련 대학에 진학 후 청소년 지도사가 되겠다는 꿈을 밝힌다. 미래에 대한 설계를 나에게 얘기했다. 서울보호관찰소에서 제공하는 노량진 스터디그룹에서 매주 금요일 오후 3시부터 5시 30분까지 개별 지도를 받는 것이 매우 도움이 되고 있다고 한다.

얼마 지나지 않아서 윤호 어머니가 윤호가 변하고 있다는 문자 메시지를 보내왔다. 가정에서도 변화가 조금씩 있다는 문자였다.

66

네. 선생님 덕분입니다.
아빠도 윤호가 집에서 게임할 수 있게 컴퓨터를 설치해 주는
모습을 보여 좀 나아진 듯하나 선생님과
상담하기는 아직 이른 것 같습니다.
나아질 거라고 생각합니다.
어제는 윤호가 검정고시 모의고사 점수를 보여주면서
공부 안 하고 본건데 50~60점대였다고 보여주기에
받은 책을 두 번만 읽어보면 도움이 되겠다고 했습니다.

99

나의 상담노트에는 이렇게 기록되어 있다.

☞ **관찰보호위원의 의견** : 윤호가 빨리 사회에 적응하기 위해서는 아버지와의 관계 설정이 필요하여 빠른시일에 아버지를 만나서 상담을 진행하기로 하였음

6월 11일 상담노트에는 변화가 엿보인다고 기술하였다. 변화가 일어나고 있다.

☞ **관찰보호위원의 의견** : 윤호는 검정고시 합격으로 부모님의 신뢰 회복 기회라고 판단하여 학습 시간을 점차 늘리고 있음. 변화가 엿보임

나는 매회 멘토링이 끝나면 윤호 어머님과 전화 상담을 진행하였다. 윤호가 몰라보게 변하고 있다는 말과 칭찬해달라는 부탁을 했다. 한 번도 칭찬을 들어보지 못한 윤호가 나의 칭찬을 어머니로부터 듣고는 보호관찰위원인 나에 대한 신뢰가 쌓이기 시작했다.

청소년 문제 해결의 시작은 질책, 지적보다는 칭찬이 매우 효과적이라는 사실이다. 청소년들은 지적받기를 너무 싫어한다. 잘못한 경우에는 지적을 할 수 있어야 하지만 지적은 짧게 하면서 칭찬거리를 찾는 노력을 꾸준히 진행하여 아이의 변화를 이끌어야 한다고 생각했다.

7월 9일 상담노트에는 지속적인 관심과 격려가 복귀에 도움이 된다고 기술되어 있다.

☞ **관찰보호위원의 의견** : 윤호는 한번 마음먹은 일을 처리하겠다는 생각이 강함.

재범에 대한 우려는 적다고 판단하였다. 진로에 중점을 두고 멘토링을 진행하였다.

8월 3일, 열한 번째 만남

약속된 장소에 나타나지 않았다. 덜컥 겁이 났다. 착실하게 변하고 있던 윤호가 잘못되었을까? 한참을 기다려도 윤호는 나타나지 않았다. 전화 연락도 되지 않는다.

보호관찰을 책임진 입장에서는 걱정이 된다. 5개월 동안 공을 들여왔는데 헛수고가 아닐까하는 생각을 잠시나마 가져보았다. 가정을 방문하였다. 윤호는 검정고시 날짜가 1주일밖에 남지 않아서 공부하다가 깨어나지 못했다고 한다. 잠시 안도하였다.

지난달에 실시한 자아존중 검사 결과를 설명했다. 윤호의 자아존중감은 '높음' 수준이었다. 자기 자신을 긍정적으로 받아들이고 있으며, 자신감이 있고 스스로 가치 있는 사람으로 인식하고 있어 충분히 좋은 사람이라는 검사 결과에 대체로 윤호는 만족해했다.

멘토링 시에는 충분한 자료를 중심으로 설명하니까 믿음이 쌓여가고 있음을 확인하였다. 맨손 멘토링은 청소년을 만나는 것보다 자료를 중심으로 설명하면 특별보호관찰위원을 신뢰하고 있음을 현장에서 확인할 수 있다. 멘토링 종료 후에도 대상자의 자료를 토대로 변화과정을 기록하면 추후 지도에 도움이 된다는 점을 알게 되었다.

윤호는 고졸 검정고시 합격해야 한다는 부담감이 매우 크다고 고백했다. 어떻게든 이번에 합격하여 아버지와의 신뢰를 회복하고 싶다는 것이다. 시간 약속을 잘 지키도록 주지시키고 8월 11일 검정고시 응시에 관한 주의사항을 미리 전달했다.

필수 준비물인 신분증, 수험표, 컴퓨터용 수성사인펜과 선택 준비물인 아날로그 손목시계, 수정테이프, 점심 도시락 등을 지참하여 시간에 늦지 않도록 하였다. 윤호 어머니와의 전화 상담에서 가정에 아무런 문제가 없으며 잘 적응하고 있다고 확인하고 돌아오는 발걸음은 그래도 가벼웠다.

9월 2일, 열세 번째 만남

검정고시에 합격하였다. 8월 11일 실시한 고졸 검정고시에 7과목 총점 503점, 편균 71.85점으로 최종 합격하였다. 다만, 2교시에 실시한 수학 교과의 경우 35점을 받아서 수학 과목을 계속 학습하도록 안내했다.

윤호는 검정고시 합격으로 자신감이 충만하였다. 다른 친구들보다 1년 일찍 고등학교 졸업장을 받게 된 것이다. 가정에서 믿어주는 분위기가 형성되었다고 자랑한다. 만나면 먼저 이야기한다.

그동안 교제하던 여학생과 헤어져서 고민을 하고 있다고 잠시 털어놨다. 개의치 않는 눈치였다.

가정에서 불편했던 아버지와의 관계 회복은 되지 않았으나, 점차 회복될 수 있다고 믿고 있는 눈치였다. 택배 아르바이트를 주 2~3회 정도 할 예정이라고 한다. 삶의 방향이 완전히 바뀌었다.

서울보호관찰소에 검정고시 합격하면 10만 원의 장학금을 지급하기 때문에 신청했다. 서울보호관찰소에서 2달치 20만 원을 지급했다고 한다. 나도 행복한 하루였다. 윤호 엄마에게서 문자가 왔다. 완전히 회복되었다는 신호였다.

66

안녕하세요 선생님. 윤호엄마입니다.
부재중 전화가 있었는데 연락이 늦었습니다.
윤호가 장학금 받고서 '나 이런사람이야'이러면서
기분 좋아했어요.

자존감이 충전된 것 같습니다. 20만 원 받아서

10만 원은 저한테 주었습니다.

다음 달 용돈으로 쓰려고 하겠지만요.

선생님 덕분입니다. 인사가 늦어 죄송합니다.

감사드려요, 선생님.

어떤 사람을 만나느냐가 인생의 전환점이 되기도 하는데

선생님을 만난 것이 현호에게는 큰 복인 것 같아요. 감사합니다.

99

윤호 어머니는 보호관찰위원의 노력으로 윤호가 목표를 설정하고 다시 제자리로 돌아왔다고 얘기했다. 윤호 인생의 전환점이 되는데 도움을 줬다고 생각하고 있다는 말에 잠시 보람을 느껴본다.

10월 4일, 열다섯 번째 만남

당초 10월 5일 멘토링 계획이었으나, 10월 5일부터 △△동 소재 봉사단체에서 하루 5시간씩 3개월간 봉사활동을 하기로 했다고 한다. 원래 멘토링 일정에서 하루 앞당겨 변경하여 멘토링을 진행하였다.

9월 9일 이후 주로 운동으로 몸만들기에 주력하고 있다고 한다. 현재 부모는 △△에서 직장생활을 영위하며 지방에서 떨어져 생활하고 있으며 주말에만 집에 오고 있으나 지난 주말에는 오지 않았다고 한다.

최근 분류심사원을 나온 친구와 자주 만남을 가지고 있다는 정보가 들어왔다. 잠시 걱정을 했다. 가급적이면 만나지 않았으면 하는 뜻을 전했더니 금방 이해하는 눈치였다. 청소년들의 일탈은 주위에 있는 친구들의 영향이 매우 크다는 사실이다. 빠르게 대처하는게 무엇보다 중요함을 보호관찰 활동을 하면서 깨달은 것이다.

윤호는 헤어진 여자 친구는 완전 결별 상태로 모두 잊었다고 했다. 10월 5일부터 봉사활동을 하면서 직업을 구해 사회생활을 하겠다고 다짐했다. 다시는 사고를 치지 않겠다고 다짐한다. 일단 성공했다는 생각에 뿌듯했다.

아버지와의 관계는 회복되지 않아서 빨리 회복되기를 희망한다고 했다. 조금만 기다리면 해결된다고 얘기했더니 수긍하는 눈치였다. 나의 일지에는 우려 사항이 적혀 있었다.

☞ **관찰보호위원의 의견** : 욱하는 성격으로 지속적인 관찰 활동이 필요함

11월 6일, 열일곱 번째 만남

진로문제 원인 검사 및 16번째 만남에서 실시한 진로 고민 영역

검사 결과를 설명했다. 검사 결과, 윤호는 진로에 많은 관심을 보이고 있었다. 다만, 관심 가는 직업도 많고 하고 싶은 일도 많아 아직 결정을 내리지 못해 걱정하고 있다.

하지만 진로에 무관심하거나 한 가지 진로만 고집하는 것보다는 다양한 가능성을 두고 진로를 선택할 수 있다는 것은 좋은 점으로 볼 수 있다. 마음의 여유를 가지고 자신과 직업에 대해 깊이 생각하고 탐색해 본다면 자신이 가장 하고 싶은 일이 무엇인지에 대해 확신을 가질 수 있을 것이라는 말과 함께 검사 결과를 설명했더니 이해했다.

윤호는 △△센터에서 근무하여 11월 급여 120만 원을 받았다고 하면서 근무에 매우 만족한 상태라고 했다. 돈의 소중함에 대하여 설명해 줬다. 지난 10월 27일 윤호 어머니가 윤호는 검정고시에 합격했는데 고등학교가 그리워서 고등학교를 다시 가고 싶다고 하여 고민이 된다는 상담을 받고, 오늘 상담에서 윤호의 생각을 확인해 보니, 내년도 군에 입대하여 군 복무를 마치고 대학 진학하여 복지 관련 업무에 종사하겠다고 한다. 2022년에 해군(해병)에 군입대하여 사회에 복귀하겠다고 굳게 다짐한다. 몇 개월 만에 성숙한 젊은 이로 성장하는 모습에 가슴 벅찬 하루였다.

12월 4일, 열아홉 번째 만남

11월 6일 실시한 자아탄력성 검사 결과를 설명했다. 윤호는 현재 자아탄력성이 높은 상태로 나왔다. 자아탄력성이 높으면 낯선 상황에서도 잘 적응할 수 있음을 설명했다. 또한 불안에 대한 민감성을 없애거나 낮출 수 있고 세상에 대해 긍정적인 시각으로 바라보게 해 준다는 점을 설명해 줬다.

△△센터에서의 근무에 매우 만족하고 있으며 보람을 느끼고 있다고 한다. △△센터에서 12월 근무 기간이 만료되면 군 입대 전까지는 물류센터에서 근무할 계획이라고 했다. 지난달 △△의 부모님의 거주하는 곳에 누나와 함께 방문하여 즐거운 시간을 보냈다고 한다.

그동안 아버지와의 불편한 관계를 해소하였으며, 당구장에서 당구도 함께 쳤다고 자랑을 한다. 무엇이 윤호를 변하게 하였을까? 윤호는 아버지와의 관계 회복으로 훨씬 더 밝아졌고 긍정적인 생각을 가지고 있음을 확인하였다. 내년에는 빠른 군 입대(해병대)를 통하여 국방의 의무를 마치고 사회 활동을 하겠다는 의지가 매우 강해 보였다. 지난날의 잘못을 뉘우치고 있으며 바르게 살겠다는 의지가 매우 강해 보였다. 믿음이 간다.

2021년 12월 11일(토) 마지막 만남을 마치고 집에 오니 윤호에게서 카톡이 왔다.

66

방황의 시기를 겪고 나서 학교와 맞지 않다는
핑계로 학교도 자퇴했습니다.
그렇게 발전 없이 지내고 있었는데 보호관찰소로 인해
김창학 선생님과 만나게 되었습니다.
김창학 선생님께선 뭐 하나 내세울 거 없던 저에게
항상 좋은 말들을 해주시고
어떻게든 좋은 쪽으로 나아갈 수 있도록 지도 해주셔서
지금의 저는 꿈도 갖고 전에 했던 위법 행위들과는
거리가 굉장히 멀어지게 되었습니다.
물론 저의 의지가 있어서 가능했던 것일 수도 있지만 그 의지를
김창학 선생님, 한○○ 선생님, 김○○ 교장선생님께서
불태워 주신 덕에
제가 미래를 바라볼 수 있게 된 것 같습니다.
비록 보호관찰이라는 틀 안에서 했던 활동이었지만
저한텐 너무 좋은 기회였던 것 같습니다.
이런 기회를 저한테 주셔서 너무 감사합니다.

99

특별멘토링에 참여한 것에 대하여 감사하다는 것이다. 한 아이의

변화를 지켜봤다. 멘토링이 끝나고 12월 11일에 윤호 어머니로부터 문자가 왔다.

66

윤호랑 아빠도 이제 관계가 회복되어서
가족끼리 모여 당구도 치고 볼링도 치며 즐겁게 보내고 있어요.
진심으로 감사드립니다.
윤호에게 동기를 부여해 주시고 어디서도 배울 수 없는
여러 경험들 나눠주셔서 이런 시간이 올 수 있었다고 생각됩니다.
진심으로 감사합니다. 선생님!!

99

나는 윤호 어머니에게 윤호가 보내준 문자메시지를 공유했다.

66

윤호 어머니!
오늘 현호의 글을 공유합니다. 10개월 만에
이렇게 성장한 윤호를 보면서 대견함을 느낍니다.
한때의 일탈을 뉘우치고 새출발하는 현호를 응원합니다.
윤호어머님께서도 '사랑'이라는
단어를 놓지 않고 왔기 때문에
더 이상 탈선하지 않고 잘 자랐습니다.
저는 12월 31일 특별보호관찰 업무를 마치지만

윤호의 바른 삶을 멀리서나마 오랫동안 응원하겠습니다,

격려해 주시기 바랍니다.

특별보호관찰위원 김창학

99

윤호 어머니는 보호관찰을 통하여 윤호가 변했다고 생각하고 있다.

66

공유해 주셔서 감사합니다.

윤호랑 아빠도 이제 관계가 회복되어서 가족끼리 모여

당구도 치고 볼링도 치며 즐겁게 보내고 있어요.

진심으로 감사드립니다.

윤호에게 동기부여해 주시고 어디서도 배울 수 없는

여러 경험들 나눠주셔서 이런 시간이 올 수 있었다고 생각됩니다.

진심으로 감사합니다. 선생님!!

99

사랑이 있는 곳에는 희망이 있다. 감사하게 생각한다. 한 아이의 일탈을 막는 일은 쉬운 일은 결코 아니다. 가정에서의 노력도 매우 중요하다는 사실이다. 사회가 품어줄 때 사회의 복귀 속도가 매우 빠르다는 사실을 윤호의 사례에서 절실하게 느낄 수 있었다. 윤호의 청소년 지도사의 꿈을 응원한다.

학교가 정말 싫었어요

3월 16일, 만후와의 첫 만남

만후와의 첫 만남은 무서웠다. 190cm, 100kg의 거구가 내 앞에 나타났다. 전신 문신으로 살짝 겁이 났다. 코로나19가 한창이라 배달 아르바이트로 매일 오후 5시부터 새벽 3시까지 배달하고 있다고 하였다.

초등학교 때 부모님의 이혼으로 사랑을 받아본 적이 없는 만후는 큰 덩치에 비해 순진하였다. 특별보호관찰위원 표찰을 보는 순간 멈칫하였다. 따뜻한 친구였다. 사회의 편견이다. 만후는 단지 학교에 대한 추억은 좋지 않았다고 한다. 만후는 학교를 다닌 적이 거의 없다고 하였다. 학업에 대한 의지도 없었다.

만후에게 필요한 것은 재범을 막는 것이 무엇보다 우선 중요하다고 생각하였다. 코로나 시기라 하루 수입은 10만 원 정도를 번다고 하였다. 1주일에 1일 휴무라고 한다. 주량은 소주 2병, 담배 1갑 정도를 피운다고 하였다. 4월 10일에 대림중에서 검정고시 응시 예정이라고 한다. 합격보다는 법원에서 응시하라고 했기 때문에 응시한다고 하였다.

만후는 학업에 대한 의지는 없어 보였다. 여러 건의 전과가 있는 친구였다. 중학교 시절에는 4개의 중학교를 다녔다고 한다. 사고로 인한 전학이었다고 한다. 여러 가지 이유로 교육자들이 품지 못하고 학교 밖으로 내보낸 청소년이 얼마나 많은가? 아니 매년 증가하는 학교 밖 청소년들을 품으려는 충분한 노력을 했을까? 교단에서 내려와서야 반성하게 된다. 우리 사회의 한 단면을 직접 눈으로 확인하였다.

만후와의 첫 만남을 뒤로하고 만후에게 필요한 것은 신뢰를 쌓는 것이 무엇보다도 중요하다고 생각했다. 초등학교 때 이혼으로 가정에서의 사랑은 부족해 보였다. 인간의 사랑이 무엇보다 중요함을 인식하고 더 가까이 가는 노력을 병행하기로 하고 헤어졌다.

4월 8일, '재범'을 막아야 한다

만후는 별다른 변화는 없으나, 밤에는 배달 일로 인하여 규칙적인 생활이 이루어지지 않고 있었다. 오늘 만남에서 3월 31일에 만후는 지난날의 사고로 인하여 보호관찰 기간이 2년 연장되었다는 연락을 받았다고 한다. 더욱더 재범의 우려가 큰 경우다.

어떻게든 재범은 막아야 한다. 그동안 재판으로 중단하였던 배달 업무를 4월 5일부터 시작한다고 하였다. 만후는 지난날의 생활에 대하여 반성하고 있다고 한다. 규칙적으로 운동을 하지 못하기 때문에 몸은 비만 상태였는데 규칙적인 생활과 운동을 통해 비만을 해결하도록 했다.

△△정신신경과의원에서 음주치료를 받고 있으나, 최근 2주 동안 병원 진료를 받지 못하였다고 하여 계속 진료를 받도록 했다. 법원의 조치를 받지 않으면 처벌이 있음을 설명했다. 어머니와의 전화 상담에서 점점 생활 형태가 좋아지고 있으며, 재발 가능성은 없다고 하나 욱하는 성질로 인하여 걱정이 된다고 하였다.

보호관찰대상자 법무보호사업인 4월 기술교육과정 안내를 해줬다. 한식조리사, 헤어기능사, 이태리 요리, 바리스타 등에 대하여 설명하고 맞춤형 전략을 세우기로 하고 헤어졌다. 만후는 기술교육에 대해서는 별관심이 없었다. 삶의 목표가 없기 때문에 의욕도 없어 보였다. 다그치기 보다는 꿈을 찾는 노력을 해보기로 했다. 큰 숙제를 앉고 헤어졌다.

6월 4일, 서울대학교 견학

오늘은 서울대를 체험하기로 하고 만남의 장소를 서울대로 정했다. 만후에게도 꿈이 필요하다고 생각했다. 정해진 시간보다 멘토링 장소에 일찍 도착하였다. 서울대 한 바퀴를 같이 걸었다. 신기해하는 눈치였다.

서울대 벤치에서 지난날의 만후의 삶에 대하여 들을 수 있는 시간을 가졌다. 왜 만후가 여러 건의 전과가 있었는가에 대하여 들었다. 가정에서나 학교에서나 한 번도 사랑이라는 것을 받지 못한 아이였다. 전신 문신을 했다. 문신한 이유를 물었더니 강하게 보이고 싶어서 했다고 한다. 삐뚤어진 우리 청소년 교육의 한 단면을 봤다.

만후는 생활에 대한 큰 변화는 없이 무직 상태로 주로 컴퓨터 게임을 하고 있다고 했다. 1주일에 한 번 정도 동네 친구들과의 만남을 지속하고 있다고 한다. △△정신신경과의원에서의 음주치료를 2개월째 받지 않고 있어서 받도록 지도하였으나, 본인은 완쾌되어 받을 필요가 없다고 한다.

100kg의 비만 상태로 계속 음주하지 않도록 특별지도를 했다. 지난 만남 이후 가정생활에는 큰 변동은 없었으나, 배달 일을 중단하여 용돈이 없어서 아르바이트를 찾고 있는 중이라고 한다. 이삿짐

센터에서 일할 계획이라고 한다.

삶의 뚜렷한 목표가 없이 매일 똑같은 생활이 반복적인 상태였는데 빨리 군에 입대하여 보호관찰 상태를 면해 보겠다는 생각을 갖고 있었다. 지난날의 사고에 대하여 깊은 반성을 하고 있으면 절대로 재범하지 않겠다고 다짐을 하고 있다.

가정환경을 파악하기 위하여 가정방문을 해봤다. 어머니와 함께 생활하고 있었다. 특별보호관찰위원인 내가 가정 방문을 간다고 했더니 집안을 정리한 흔적이 보인다. 깨끗하게 정돈되어 있었다. 그동안의 삶에 대하여 많은 대화를 나눴다. 학교 시절에 사랑을 한 번도 받아보지 못했다는 것이다. 사랑에 굶주려 있음을 확인하고 돌아 왔다. 만후에게는 사랑이 필요하다는 것을 느꼈다. 내 상담노트에는 이렇게 기술되어 있다.

☞ **관찰보호위원의 의견** : 서울대 체험을 통하여 성공한 삶을 살겠다는 의지를 확인함. 목표의식을 갖도록 멘토링 활동을 강화할 필요가 있음. 사랑이 절대적으로 필요해 보임

7월 2일, 변화의 조짐을 느끼다

만후는 6월 17일 이후 특별한 생활의 변화는 없으나, 이삿짐센터 아르바이트를 두 번 했다고 한다. 한 번에 12만 원 정도를 받았다고

한다. 배달 아르바이트는 그만두었다고 한다. 9월 중으로 신체검사

받을 계획으로 병무청에 신청했다고 한다.

특별한 계획 없이 생활하고 있으며 병역의무를 다하기 위하여 병

무청에 신체검사를 신청한 상태로 금년 중에 입대하기를 원하고 있

음을 확인하였다. 병역의 의무는 마쳐야 한다는 생각을 확실하게

갖고 있었다.

내가 지난번 멘토링때 문신 제거를 하도록 했더니 문신을 제거

하고 싶다고 하여 병원과 연계하여 보호청소년의 문신 제거 사업에

신청하여 기다리고 있는 중이라고 한다. 미세하지만 변화의 조짐이

보인다. 뚜렷한 목표와 계획을 세워 지난날을 잊고 빠르게 새 삶을

살도록 지도했더니 나에게 믿음이 생겼다. 만후는 멘토링 날짜에

늦는 일이 없다. 나의 상담노트에는 이렇게 기재 되어 있다.

☞ **관찰보호위원의 의견 :** 계획된 멘토링 날짜에 멘토링 활동에 참여하는 것으로
보아, 지속적인 관심과 지도를 하면 재범의 우려는 없다고 판단됨

8월 9일, 믿음에 대한 보답

오늘은 진로활동 멘토링을 실시하였다. 지난 7월 26일 실시한 자

아 존중 검사 결과를 설명했다. 만후의 자아존중감 검사 결과는 33

점으로 '높음' 수준이었다. 자기 자신을 긍정적으로 받아들이고 있으며, 자신감이 있고, 스스로를 가치 있는 사람으로 여기고 있다는 자아 존중 결과에 만족스럽게 생각한다고 응답하였다.

만후는 지금까지 자세한 설명을 들어본 적이 없다고 한다. 자신은 존중 받아본 적이 없다고 하였다. 항상 문제학생, 문제아이 취급을 받았다고 했다. 사랑이 절대적으로 필요함을 느꼈다. 나는 아무리 잘못을 저지른 경우라도 인간적인 존중은 해야 된다고 생각하여 아이들을 대했더니 나를 대하는 태도가 달라짐을 느낄 수 있다.

7월 26일 실시한 알코올 장애 검사 결과는 '0'으로 알코올 장애일 가능성은 적다는 결과였다. 그동안 생활에 큰 변화 없이 무직 상태로 가끔 2~3회 이삿짐 아르바이트를 하면서 보내고 있다고 한다. 술을 먹는 횟수가 줄어들고 있다.

만후는 조기 입대만이 삶을 바꿀 수 있다고 생각하고 있었다. 희망을 잃지 말고 최선을 다하는 삶을 살도록 지도하고, 꿈을 꾸는 젊은이가 될 수 있기를 바라고, 격려했다. 요즘 사고를 치지 않고 있음에 칭찬을 해줬다.

어머니와의 전화 상담에서 특별보호관찰위원을 만나 이후에 사고를 치지 않고 있어서 어떻게 지도했냐고 어머니가 묻는다. 그저 믿어준 것뿐이라고 대답했다. 많이 달라졌음을 확인했다고 한다. 만후 어머니는 나에게 감사하다는 말을 했다. 조금은 보람이다.

10월 21일, 새로운 꿈을 찾는 아이

당초에는 10월 13일 멘토링 계획이었으나, 사회봉사활동 관계로 오늘 멘토링을 실시했다. 지난주에 실시한 자아탄력성 검사 결과 설명했다. 만후의 자아탄력성은 현재 높은 상태로 낯선 상황에서도 잘 적응할 수 있고, 불안에 대한 민감성을 없애거나 낮출 수 있으며 세상에 대해 긍정적인 시각으로 바라보고 있다는 점을 설명했다.

지난달에 받은 신체검사에서 3~4등급이 나와 60일 안에 재신검을 받을 계획이라고 한다. 현역 복무가 쉽지 않다고 걱정했다. 배달 아르바이트 업체 사장으로부터 팀장으로 근무해달라는 부탁을 받았으나, 미래가 불투명하여 새로운 일을 하기 위하여 거부했다고 한다.

새로운 꿈을 찾고 있다고 한다. 변화의 바람의 분다. 만후는 학업에 대한 의지는 없으나, 사업으로 성공할 수 있다는 자신감은 보이지만, 지속적인 관찰과 지도가 절대적으로 필요한 금쪽이라는 생각이다.

11월 11일, 진로선택의 중요성

진로문제 원인 검사 결과를 토대로 만후는 진로를 선택할 때 돈을 많이 버는 일인지 다른 사람들이 부러워하는 일인지를 먼저 생각하고 있다고 설명했다. 고개를 끄덕였다.

물론 돈을 많이 버는 것과 다른 사람들이 부러워할 수 있는 일을 하는 것도 좋지만 자신의 적성이나 성격에 맞는 진로를 선택하는 것이 더 중요하다고 설명해 준 후 미래에 대비하기 위한 컨설팅 활동을 전개했다.

1주일에 3~4일 정도 동네 형이 운영하는 '홀 덤장'에서 시간당 1만 5000원씩 받고 아르바이트를 하고 있다고 한다. 만후는 점차 나은 생활을 하고 있으나, 지속적인 관찰과 지도가 필요하다는 생각이다.

12월 9일, 마지막 만남

여러 건의 전과가 있는 만후는 다행히 사고를 치지 않은 상태에서 멘토링을 마칠 수 있었다. 내 상담노트에는 다음과 같이 기술되어 있다.

☞ **보호관찰위원의 의견 :** 만후는 학교와 가정에서 사랑을 받은 적이 없다. 초등학

교 시절에 부모의 이혼으로 조부모의 보호에서 생활하면서 학교에서의 추억은 없다고 하였다. 약속에 대한 개념이 부족하기 때문에 약속의 소중함을 인식하는 계기를 갖도록 지도가 요망되고 지속적인 관찰과 후속 지도가 절대적으로 필요하다고 사료됨

지속적인 관찰과 지도가 필요한 금쪽이라고 생각한다. 여러 번의 사고 경험이 있는 만후가 1년 동안 아무런 사고 없이 멘토링을 마칠 수 있었던 것은 사랑과 관심이었다고 생각한다. 그래도 내가 만난 1년 동안은 만후에게는 행복의 시간이었다고 한다.

10달 동안 한 번도 늦은 적이 없다. 만후 어머니는 신통하다고 했다. 아들의 변화를 실감하고 있었다. 더 이상 일탈하지 않고 바르게 생활할 수 있도록 사랑의 끈을 놓지 말아야 한다.

누구보다도 여린 마음을 가진 만후가 더 강해 보이고 싶어서 전신문신을 했다고 한다. 이제는 문신을 제거하겠다고 한다. 이것이야말로 변화의 조짐이다. 학교가 싫다고 한 만후가 학교에 가고 싶다는 생각을 갖게 하는 노력을 좀 더 기울이고 싶다. 우리 사회가 조금만 관심을 기울인다면 더 밝은 사회로 전진할 수 있지 않을까 하는 소박한 생각을 가져본다.

체육선생님이 될래요

3월 17일, 학교 밖으로 나온 아이

현규는 약속 시간보다 늦게 나타났다. 고등학교 2학년 때 친구들의 괴롭힘으로 인하여 스스로 학교 밖 청소년이 되어 버린 현규를 만났다.

△△역 근처에서 PC방 아르바이트를 하는 친구와 함께 생활 중이라고 한다. 가정에는 동생 3명이 있고 올해 막내가 초등학교에 입학한다고 하였다. 술은 하지 않고 담배는 하루 10개비 정도 피운다고 했다. 학교를 그만두게 된 이유를 물어보았더니 부모님의 적극적인 관심이 현규에게는 큰 부담이 되었다는 것이다.

현규는 중학교 때까지만 하여도 공부를 잘하였다고 한다. 특히 수학 교과를 잘하는 편에 속했다고 한다. 부모는 집에서 멀리 떨어져 있는 사립 고등학교에 진학하도록 하였다고 한다. 중학교 친구들이 한 명도 없는 집에서 멀리 떨어져 있는 사립고등학교에 배정받았다고 한다. 낯선 학교생활은 어려움의 연속이었다고 한다.

학교를 그만두고 폭력에 가담하게 되었다고 한다. 본인은 아직도 억울하다고 생각하고 있었다. 같이 있었다는 사실만으로 보호청소년이 되었다고 주장한다. 고등학교 시절에 친구가 얼마나 소중한지를 알 수 있는 대목이다.

현규는 내성적인 성격으로 집에서는 장남으로 책임감은 있었지만 실천하지 못하는 아이였다. 첫날의 만남에서 본인이 보호청소년이 된 사실에 대하여 억울하다고 말은 하지만 내가 억울함을 풀어주겠다고 하니까 그냥 감수하겠다고 한다. 아마도 지난날의 추억을 소환하는 것에 대하여 부담이 된다는 사실 때문에 주저하고 있는 것이 아닌가 하는 생각이다.

청소년 범죄 사건의 경우 좀더 정밀하게 조사하여 억울하다고 하는 일이 생기지 않기를 바랄뿐이다. 돌아오는 발길이 무겁다.

4월 7일, 검정고시 교재 한 권

교보문고 체험 활동을 위해 현규와 교보문고에서 만났다. 하반기 응시 예정인 검정고시 대비를 위하여 시대에듀의 '고졸학력 검정고시 국어' 교재를 한 권 구입하여 현규에게 줬다. 서울에서 살면서 교보문고는 처음이라고 했다. 책의 세계를 체험할 수 있는 계기가 되었다.

어머니와의 전화 상담에서 현규 어머니는 나에게 불량 친구들과의 교제를 하지 않도록 지도해 달라는 부탁과 함께 현재 교제 중인 여자 친구와의 단절을 요청받았다. 오늘 체험에는 여자 친구도 동행하였다. 많은 이야기를 나눌 수 있는 계기가 되었다.

현규는 특별보호관찰위원을 처음에는 어렵게 느꼈는데 실상은 그렇지 않다고 소감을 밝혔다. 변할 수 있음을 확인하였다. 강제적인 변화보다는 스스로 변화하도록 하였다. 교보문고에서 많은 대화를 나누고 돌아왔다. 조금은 안심이 되었다. 재범의 우려는 크지 않음을 확인하였다.

5월 11일, 우울증 치료 권유

5일 전에 조모 사망으로 어머니가 너무 슬퍼서 본인도 불안한 상태라고 한다. 우울증 증세가 있어서 신경정신과 진료를 받도록 권고하였으나, 의사에 대한 불신이 매우 커서 효과는 없을 듯 해 보였다. 불면증으로 제대로 잠을 잘 수가 없다고 한다.

무기력증으로 하고픈 의지가 없다고 했다. 가정에서는 불편한 기색을 보이지 않으려고 혼자 노력했다고 한다. 장남으로의 책임감은 가지고 있는 아이였다. 그래도 여자 친구와는 주기적으로 만남을 이어가고 있었다. 나는 멀리하도록 요청하지 않았다. 멀지 않아서 헤어질 것이라고 봤기 때문이다.

어머니와의 전화 상담에서 빠른 시일에 우울증 진료를 받게 하도록 강력히 권고했다. 어머니도 우울증 상태가 있는 사실을 인지하고 있었다. 2년 정도 되었다고 한다. 검정고시(하반기)를 통해 진학하겠다는 의지는 강하나 우울증 증세로 신경정신과 진료를 받는 것이 우선 되어야 한다고 생각했다.

현규는 다니던 병원의 의사는 불신하고 있었기 때문에 병원 진료를 강하게 거부하고 있었다. 병원에 대한 트라우마가 심한 편이다. 나는 무리하게 병원을 권하지 않았다. 기다리기로 하고 돌아왔다. 숙제를 마치지 못한 기분이라고 하는 것이 솔직한 표현이다.

6월 3일, 장점을 찾는 노력

관악산 등산 체험을 하였다. 관악산 체험을 통해 현규가 갖고 있는 장점을 살리도록 하였다. 현규는 헬스로 다져진 몸매였는데, 등산을 하는데 무척 자신감을 갖고 있었다. 나는 현규에게 어떻게 하면 날씬할 수 있냐고 물어봤더니 자신 있게 말한다. 자신도 잘할 수 있는 분야가 있는 것에 대하여 만족해하는 눈치였다.

장점을 찾는 노력이 필요하다. 바로 이점이다. 현규가 잘하는 것을 찾는 것이다. 가정에서는 특이한 변화가 없다고 한다. 관악산 등산 체험을 마치면서 현규에게 고맙다고 했다. 현규 때문에 내가 건강해졌다고 했더니 현규는 자신이 남에게 도움을 줄 수 있다는 사실에 자신감을 조금은 회복하는 눈치다. 현규의 장점 찾는 노력을 계속했다.

7월16일, 믿음이 주는 신뢰

나는 △△대역 근처 유명한 병원을 알아봐서 예약을 하고 병원에 동행하였다. 의사 선생님은 친절하였다. 보호관찰위원이 직접 병원까지 동행에 대하여 의사 선생님은 감사하게 생각하고 있었다.

의사 선생님은 주기적으로 병원을 방문하면 곧 좋아질 것이라고 했다. 너무 걱정하지 않아도 된다고 하였다. 현규도 의사 선생님을 신뢰하는 눈치다. 환자나 학생이나 마찬가지로 자기를 믿어주는 사람을 신뢰한다는 평범한 이치를 깨닫게 된다. 청소년 지도의 첫 관문은 믿음에서부터 시작해야 한다.

믿지 않으면 멘토링의 효과는 없다. 2주일분 약을 처방받았는데, 약을 복용한 후 잠을 충분히 잘 수 있었다고 한다. 아프면 병원에 가 진료를 제때 받으면 된다는 평범한 사실이다. 병원을 나와서 근처 식당에서 함께 국밥을 먹으면서 현규는 수학 교과를 잘하고 운동에 소질이 있는 장점을 살려 진로를 선택하는 것이 좋을 것 같다고 했다.

현규는 체육선생님이 되고 싶다고 한다. 그래 할 수 있다고 격려하고 돌아오는 발걸음이 가벼웠다. 특별보호관찰위원은 부모를 대신하여 서점, 병원, 주민 센터, 경찰서도 방문해야 한다. 이것이 보호청소년이 진정한 멘토링이다. 현규 어머니로부터 감사하다는 전화를 받았다.

현규가 병원에 가지 않았는데 특별보호관찰위원님은 어떻게 하여서 현규가 병원에 갔느냐고 비결을 묻는다. 대답은 간단하다. 현규가 나를 믿기 때문이라고 했다. 더욱더 믿음이 생겼다.

8월 2일, 다시 생긴 의욕

2주 전부터 △△(△△동소재)에서 시간제 아르바이트를 하고 있다. 7월 16일 멘토링 때보다 조금 좋아졌음을 확인했다. 지속적으로 현규에게 맞는 심리검사를 진행하였다.

'자아존중검사' 실시한 결과, 현규의 자아존중감은 '22' 보통 수준으로, 자신을 가치가 없는 사람으로 인식하고 있었다. 함께 실시한 '우울증 검사' 결과, 우울한 기분을 느끼고 있으며 정밀한 심리검사를 받아본 후 심리상담전문가의 상담이 필요하다는 결과를 설명해 줬다.

현규는 8월 11일에 실시하는 검정고시의 선택과목인 '도덕'을 준비하지 않아 응시 자체를 고민 중이었다. 그래도 남은 기간에 노력해 본인의 실력을 검증받도록 했다. 2021년도에 검정고시에 합격하겠다는 의지는 강하지만 금년도 합격은 무리라는 생각이 든다. 그러나 학업에 대한 의지는 있고, 고등학교 졸업장도 필요하다고 했다. 졸업장이 없으니까 취업하기가 힘들다고 했다. 이제 의욕이 생겼다.

9월 1일, 1차 목표 달성

8월 11일 실시한 검정고시에 수학 55점, 영어 36점 취득하여 검정고시에 합격하지 못했다고 한다. 검정고시 이후에는 안산에 있는 친구 집에서 생활하면서 △△쿠팡(△△ 소재)에서 시간제 아르바이트를 하고 있다고 한다. 하루 9시간 근무하여 10만 원을 받는다고 한다.

그래도 일거리를 찾았다. 변화가 일어나고 있다. 현규의 생일을 축하하기 위하여 9월 4일부터 제주도 가족 여행을 갈 계획이라고 한다. 어머니와의 상담에서 현규의 변화를 이끌기 위하여 가족 모두가 제주도를 다녀올 계획이란다.

어머니께 좋은 계획이라고 응원했다. 가정에서도 현규의 변화를 위하여 노력하고 있음을 알 수 있다. 어머니와도 지속적으로 상담을 이어가고 있다. 더 이상 다른 길로 빠지지 않음에 감사하다고 하였다. 이제는 불량 교우들과는 거의 차단이 되었다. 재범의 우려는 현저히 낮다는 판단을 하게 되었다. 나의 1차 목표는 달성되어 가고 있다.

10월 1일, 책임감에 무거운 발걸음

당초 10월 1일 12시 20분에 병원 진료를 예약하였으나, 진료에 참석하지 않아서 가정방문을 실시하였다. 금일 병원 진료에 참석하지 않은 이유는 최근까지 사귀던 여자 친구와의 헤어짐으로 인한 충격으로 방황 중이라고 한다.

금일 상담 활동에도 현규는 여자 친구와의 문제는 거론하지 않고 싶다고 얘기한다. 가정방문을 하면서 어머니로부터 많은 이야기를 들을 수 있었다. 중학교에서 공부 잘하는 아들이었던 현규를 잘 키워보고 싶은 욕망에 집에서 멀리 떨어져 있는 사립 고등학교에 진학시켰지만 내성적인 현규가 중학교 친구가 한 명도 없는 학교에서 학교 적응에 실패했다는 것이다.

어머니는 매우 속상해했다. 불량 친구들과의 교제를 멀리하면 좋아질 것이라고 믿고 나에게 큰 기대를 걸고 있었다. 무거운 책임감을 느꼈다. 집으로 돌아오는 발걸음이 무척 무겁다.

11월 3일, 대학 진학의 굳은 의지

10월 19일 실시한 진로 고민 영역 검사 결과를 설명해 줬다. 검사결과, 무관심 9, 선택불만 8, 진로 불안 9, 결정 장애 5, 사회 불만 8의 결과가 나왔다. 현규는 진로에 관심을 보이지 않았다. 미래가 불확실하다고 생각하여 진로를 계획하는 것이 귀찮고 의미 없는 일이라고 생각하고 있었다.

나는 다른 누구의 미래도 아닌 나 자신의 미래를 설계하는 일이기에 지속적으로 관심을 기울이는 것이 필요함을 설명해 줬다. 현규는 2022년도에는 검정고시에 합격하여 대학 진학 의지를 굳게 가지고 있었다. 다행이다. 그래도 진학하겠다는 꿈은 있다는 사실에 안도한다.

12월 13일, 몰라보게 달라진 아이

마지막 만남이다. 보호관찰기간 동안 사고를 치지 않은 것은 다행이다. 그동안 했던 검사 결과지를 나눠줬다. 지난주에 실시한 자아탄력성 검사 결과를 공유했다. 자아탄력성 검사 결과, 현규는 주변 환경이나 그날 기분 상태에 따라 자아탄력성이 높기도 하고, 자아가 취약하기도 한 상태였다.

자아탄력성이 높은 상태가 지속되는 것이 좋겠지만 자아가 취약한 상태로 지속된다면 자아존중감 역시 떨어질 수도 있음을 설명했다. 현규에게는 좀 더 자신을 믿어보는 것이 좋을 것 같다고 말해줬다. 그동안 사회복지 기관에서 84시간, 보호관찰소에서 36시간 등 120시간의 봉사활동을 모두 이수하였다. 오늘 마지막 상담활동에서 봉사활동을 통해 지난날의 잘못을 뉘우치고 재발하지 않겠다고 다짐했다. 큰 수확이다.

멘토링 과정에서 현규는 운동을 좋아하기 때문에 사범대학 체육교육과에 진학하여 체육 선생님의 꿈을 꾼다고 하여 검정고시에 필요한 책을 준비해 줬다. 현규와의 마지막 만남 이후, 2년이 지난 2023년 11월 1일에 현규 어머니와의 통화가 이루어졌다.

현규는 지금 운동을 열심히 하고 있으며, 체격이 좋아졌다고 한다. 성격도 밝아졌다고 한다. 체육 선생님의 꿈은 이루어지지 않았지만 헬스장에 열심히 다니며 몸도 잘 다듬고, 아르바이트도 열심히 하고 있다고 한다. 몰라보게 달라졌다는 것이다. 얼마나 반가운 소식인가. 보람을 느껴본다.

재범하지 않았다는 사실과 밝아졌다는 소식을 접하면서 나의 조그만 노력이 결실을 맺고 있다는 생각에 조금은 뿌듯하다. 늦게라도 현규의 체육 선생님의 꿈이 이루어지길 응원한다.

국문학과 진학이 목표

3월 15일, 새로운 상담기법 필요

현수와의 첫 만남에서 요새 말하는 금쪽이를 만나게 되었다는 생각이 들었다. 늦게 얻은 금쪽이가 부모님의 사랑 속에서 자라야 하는데 현실은 그렇지 못했다는 것이다. 어머니의 지나친 관심이 금쪽이를 더 어렵게 하지는 않았을까 하는 생각이 든다. 고등학교 1학년 때 전학, 2학년 때 전학, 또 전학. 오랜 교직 경험에 비춰보면 생활이 어떤 상태였는지는 충분히 짐작이 갔다.

학교에서 문제가 발생했을 때마다 어머니가 학교를 포기하지 않고 지도했다는 사실은 현수도 잘 알고 있었다. 올해 내가 맡은 5명의 대상자 중에서 유일하게 고등학교 졸업장을 가진 친구였다. 어머니와의 의견 충돌로 따로 생활하고 있는 현수는 욱하는 성질을 극복하기 어려워 주로 집에만 있다고 하였다.

첫 만남에서 감정 기복이 심하기 때문에 지속적인 관찰과 지도가 필요하다고 생각했다. 종전에는 하루 담배를 2갑 정도 피었으나, 현재는 하루 10개비 정도로 핀다고 한다. 금연은 어렵다고 했다. 단어 앱을 설치하여 영어 단어 하루에 10개 정도를 암기하고 있다고 했다. 또 다른 금쪽이와의 만남에서 새로운 상담 방법을 찾아보기로 했다.

4월 12일, 학업에 집중하는 노력

현수는 수도권 대학 진학을 목표로 공부 중이라고 한다. 새벽 1시에 취침, 오전 11시에 기상하던 생활의 리듬을 오전 8시에 기상하는 등 생활의 변화를 가져오고 있으며, 음주는 하지 않고 있다고 한다.

그동안 게임에 많은 시간을 투자하였으나, 점차 학업에 집중하도록 노력하고 있다고 했다. 하지만 그대로 믿을 수는 없다. 부모님과 원만한 관계를 유지하고 많은 대화를 한다고 한다.

어머니와의 전화 상담에서 많은 변화가 있었다고 하면서 지속적인 상담을 요청했다. 신분에 변동이 생기면 즉시 연락하도록 요청했다. 1차 보호관찰 컨설팅 후 현수는 사고를 치지 않겠다고 다짐을 한다.

내가 미리 준비해 간 '대학 10년 만에 자퇴…35세 네이버 최연소 임원의 비결'이라는 제목의 중앙일보 기사(2021.03.26)를 함께 읽고 토론을 하였다. 꿈을 가질 수 있도록 안내하고 꿈의 소중함을 가지고 살아가도록 많은 얘기를 나눴다. 현수에게 필요한 것은 사고 재발 위험을 낮추는 것이다.

5월 10일, 달라지겠다는 다짐

지난주 화요일 오후 7시경에 여의도에서 오토바이 사고를 당해 한방병원에서 진료 중이라고 한다. 승용차가 현수가 타고 있는 오토바이를 들이받았다고 한다. 지난주부터 불량 친구와의 교류 단절을 위하여 전화번호를 변경했다고 한다. 불량청소년들의 증가는 같은 또래의 청소년들과 교류하면서 일어나는 사고가 크다는 것이다.

지난주 어버이날에는 부모님께 카네이션과 꽃을 드리며 달라지겠다고 다짐을 했다고 한다. 어머니와의 전화 상담에서 현수가 조금은 걱정된다고 한다. 어머니는 서울의 명문대학 진학을 바라고 있다고 한다. 많은 노력이 필요하다.

6월 10일, "꼭 대학에 갈래요"

현수는 수도권 대학 국문학과에 꼭 진학하겠다고 다짐한다. 대학 졸업 후에는 보호관찰소 직원과 같은 직업을 선택하면 효과적으로 탈선 청소년들을 잘 지도할 수 있을 것 같다고 한다. 구체적인 직업을 고민하는 걸로 봐서 공부에 진심이다.

아침 9시에 기상하여 하루 7시간 정도 대학 진학 공부를 진행하고 있다고 한다. 술은 마시지 않고, 담배는 하루 반 갑 정도 피우고 있다고 한다. 그동안 교류했던 불량 친구와의 교류는 하지 않고 있다고 한다. 사고의 위험성이 낮아지고 있다. 나의 상담노트에는 재범 우려가 없다고 판단된다고 기술하였다. 얼마나 다행인가?

☞ 관찰보호위원의 의견 : 지속적인 칭찬과 관심을 갖고 지도하면 재범의 우려는 없다고 판단됨

8월 10일, 또 느껴지는 위험신호

지속적인 심리검사를 실시하고 결과를 공유하였다. 지난 7월 21일 실시한 알코올장애 검사 결과, 알코올 중독 가능성은 '0'으로 나왔다. 다행이다.

알코올은 적당히 마시면 긴장을 완화하고 대인관계를 향상시키는 긍정적인 효과를 지니고 있지만, 과음하거나 어렸을 때부터 장기적인 음주를 하게 되면 알코올에 의존성이 생겨서 '술 없이는 살 수 없는 중독 상태'에 빠지게 된다는 점을 설명했다.

지속적으로 어머니와의 상담은 계속하였다. 변화가 있을 때는 언제라도 연락을 취하도록 했다. 일주일 전에는 백만 원으로 오토바이를 구입했다고 한다. 보험은 부친 명의로 가입했다고 한다. 사고의 위험신호가 느껴진다.

☞ **관찰보호위원의 의견 :** 오토바이에 대한 집착이 강하여 특별한 관심과 지속적인 지도가 필요함

10월 11일, 사고 재발은 막아야

당초에는 10월 6일에 멘토링을 할 계획이었으나, 수능 과외 관계로 일정을 변경하여 오늘 멘토링 활동을 실시했다. 원룸으로 이사할 계획으로 이사할 원룸을 알아보고 있으나, 마땅한 곳이 없어서 계속 알아보는 중이라고 한다. 일주일 전에 모처럼 식구가 모두 모여서 어머니의 생일 파티를 했다고 자랑한다.

요즘에는 새벽에 잠이 오지 않아서 1주일에 2~3번 정도 새벽 2~3시간 배달 아르바이트를 하고 있다고 한다. 올해 대학 진학을 원하나, 1년 정도 더 준비하여 원하는 대학에 진학하기 위해서는 준비가 더 필요하다는 생각이다. 지속적인 관찰 지도가 필요하여 어머니와의 연락 체계를 강화했다. 사고의 재발 위험은 막아야 한다.

11월 8일, 지속적인 관심 필요

10월 23일 실시한 진로 고민 영역 검사 결과를 보면 무관심 9, 선택불만 8, 진로 불안 8, 결정 장애 12, 사회 불만 6으로 나왔다. 현규는 진로에 많은 관심을 보이고 있다.

다만, 관심 가는 직업도 많고 하고 싶은 일도 많아 아직 결정을 내리지 못해 걱정하고 있다고 한다. 다른 특별한 고민은 없다고 한다. 지속적인 관심과 지도가 절대적으로 필요하다.

12월 1일, 다시 수능시험 준비

지난 11월 16일에 실시한 자아 탄력 검사 결과에 대해 설명했다. 자아 탄력 검사 결과, 현규는 자아탄력 56, 자아 취약 27로 나왔다.

현규에게는 현재 자아탄력성이 높은 상태이고, 자아탄력성이 높으면 낯선 상황에서도 잘 적응할 수 있으며, 불안에 대한 민감성을 없애거나 낮출 수 있고 세상을 긍정적인 시각으로 바라본다는 점을 설명했다.

11월 18일 실시한 수능 시험에서 현규는 핸드폰을 제출하지 않아서 1교시(국어) 후 부정행위자로 시험에 응시하지 못했다고 한다. 본인은 너무 억울하다고 생각하여 우울한 상태라고 했다. 주변

을 잘 정리하여 내년에 응시하여 좋은 성적을 거둘 수 있도록 격려
했다.

다음 주까지 마음을 정하여 다시 수능 준비를 할 계획이라고 한
다. 마음이 불안하여 흡연을 많이 하고 있으나 줄이도록 지도했다.
요행을 바라지 말고 최선을 다하면 좋은 결과가 있을 수 있음을 설
명하고 격려하고 돌아왔다.

현규는 감정기복이 심하기 때문에 지속적인 관찰과 지도가 필요
하다. 보호관찰기간 동안 재범의 우려가 높았지만 사고 없이 보호
관찰을 마칠 수 있었다. 끊임없이 소통하고 대화하면서 꿈을 찾아
가는 노력을 진행했다. 내년에는 꼭 대학에 합격하여 좋은 결과가
있기를 기원한다.

II

그래도 미워할 수
없는 금쪽이(2022년)

Ⅱ. 그래도 미워할 수 없는 금쪽이(2022년)

2021년도 첫 번째 해에 만난 5명의 보호관찰 청소년들을 비교적 성공적으로 마무리하고 2022년 3월에 5명의 금쪽이들을 만났다. 공교롭게도 올해 만난 금쪽이들은 모두 학교 밖 청소년들이었다.

한 명은 태어나자마자 사회복지시설에 버려져 18년 동안 시설에서 생활하는 금쪽이, 두 살 때 양부모에게 입양된 금쪽이, 가정불화로 2년 전에 어머니가 세상을 떠난 금쪽이, 이혼하여 청각장애인 어머니와 단둘이 생활하는 금쪽이, 중학교 1학년 때 부모가 성격 차이로 이혼한 후 고등학교 진학을 포기하고 아버지와 생활하는 금쪽이 등 5명의 보호관찰 청소년의 사연은 기구하다.

왜 모두가 우리의 잘못입니까? 라고 항변하는 금쪽이들을 만났다. 특별보호관찰위원으로 가장 힘든 시기였다. 힘든 시기였지만 되돌아보면 내가 특별보호관찰위원이 되었다는 사실이 보람을 느끼기도 한다.

경찰서에서 수사관을 만나고 법정에서 판사님을 만나기도 하였다. 사회시설의 담당자도 만났다. 주민 센터 복지담당공무원을 만나기도 하였다. 내가 만나본 수사관, 판사님, 복지센터의 복지담당공무원, 사회시설의 담당자들은 자기 일인 양 모두 도와주려고 했다.

공무원들이 복지부동이라고 주위에서 말하는 사람들도 있지만 내가 만난 분들은 모두 적극적으로 대해 주었다. 부모가 아닌 보호관찰위원이 보호 청소년들을 위하여 활동하는 부분에 대하여 적극적으로 지지해 주고 도움을 주었다.

특히 복지담당 공무원들은 자기 지역의 어려운 이웃에 대하여 자기 일처럼 대해 주는 모습에 감동을 받았다. 우리 사회는 금쪽이들을 품속에 넣어야 한다. 그래도 세상은 살만하다고 느껴진다. 이제 두 번째 해에 만나는 다섯 금쪽이 사연을 정리해 보기로 한다.

소년원에 보내지 말아 주세요

___

○○의 소년재판이 진행되는 날이다. ○○이와 나는 함께 법정에 섰다. 나는 ○○의 특별보호관찰위원이었다. 재판장은 나의 말에 귀를 기울였다. 오랜 소년재판의 경험에도 불구하고 특별보호관찰위원이 재판에 직접 참석한 것을 무척 드문 일이라고 재판장은 말했다.

"판사님! ○○이를 소년원에 보내지 말아 주십시오. 판사님! 법이 허용하는 범위 내에서 소년원에서의 교육보다는 현행 보호관찰을 통해 사회 적응을 도와주시기 바랍니다. ○○이의 잘못도 크지만 모든 잘못을 ○○에게만 돌릴 수는 없습니다. 35년 동안 교직에 몸담았던 노교사의 입장에서 보면 학교 현장에서 살뜰하게 챙기지 못한 교직자들에게도 일부 책임이 있습니다."

3월 16일, 부정적인 아이와의 만남

2020년 8월, 35년 5월의 교직 생활을 마친 나는 퇴직공무원 사회공헌(Know-how+) 사업으로 시작한 특별보호관찰위원에 2년째 참여하고 있다. 2022년 봄 어느 날 ○○이와 첫 만남을 갖게 되었다.

○○이는 16세로 무직 상태였고 특별한 계획 없이 주로 게임으로 시간을 죽이고 있었다. 중학교 생활과 학업에는 흥미가 없어 고등학교에는 진학하지 않았다고 했다. 술은 하고 있지는 않았으나 담배를 하루 1갑 정도 피우고 있었다. 점차 줄여 나갈 생각이라 하였다. 사교성이 있어 친구를 쉽게 사귀고 동네 친구가 많다고도 했다. 하지만 자신의 단점은 게으름이라고 하면서 운동을 하지 않는다고 했다. ○○의 체구는 다소 비만의 모습을 보였다.

첫인상은 의욕도 꿈도 없이 나태한 모습이었다. 자기 자신을 끌고 갈 내적 힘을 찾아야 할 숙제를 안고 있는 청년이었다. 그러면서도 ○○이는 보호관찰에 대하여 매우 부정적인 언행을 보였다.

3월 보호관찰 멘토링에는 적극적으로 참여하지도 않았다. 그러나 나는 청소년 교육에 전문성을 지닌 교사였고, 교사로서 그런 기다림에는 매우 익숙해 있었다. 다그치지 않고 ○○이를 기다렸다. 학교 현장에서 지도했던 경험을 사회에서 활용할 수 있음에 감사를 드리면서 ○○이가 변화할 수 있는 기회를 자연스럽게 만들고자 노력하였다. 체계적인 상담이 필요하였다.

4월 14일, 4월 두 번째 만남

○○이는 조금씩 문을 열기 시작했다. 멘토링 활동이 끝나갈 무렵 게임 사기를 친 사실을 고백하였다. 자신의 마음을 열고 처음으로 자신의 잘못을 인정하였다. "선생님, 잘못했습니다"라고.

그동안 ○○의 삶의 모습을 확인하였다. 굴곡진 삶이었다. 가정 형편이 어려운 ○○이는 돈 없이 쉽게 돈을 만질 수 있는 게임 사기를 쳤고, 그때마다 경찰서의 연락을 받은 아버지는 합의를 위해 동분서주하곤 하였다. 합의가 잘되지 않았을 때는 소년원에 가기도 했다.

반복된 게임사기와 처벌은 잘못과 반성에 대한 생각을 무뎌지게 만들었고, 사건이 발생할 때마다 환경 탓으로 사건을 간단하게 정리해 온 듯했다. 애써 자신의 어두운 모습을 보지 않으려고 했던 ○○에게 힘이 될 수 있었으면 좋겠다는 생각이 들었다.

7월 1일, 아홉 번째의 만남

○○이는 2022년 6월 검찰로부터 3건의 게임사기 관련 피의사건 결과 통지서를 받았다. 다시 소년원에 갈 수 있다는 사실에 걱정

과 심적인 부담이 매우 크게 느끼고 있었다. ○○이는 검찰에서 '심리불개시 결정'이 내려지기를 바란다는 속뜻을 내비쳤다. 그러면서 게임사기로 인한 처분 걱정으로 심리 상태가 불안한 상태였다.

지난날의 잘못에 대하여 깊게 반성하고 있었고 다시는 재발하지 않겠다고 나와 굳게 약속하였다. ○○이는 나에게 도움을 간절하게 요청하였다. 1년의 소년원 경험 때문이겠지만 나는 반성과 약속을 하는 ○○에게서 미래와 희망을 보고 싶었다. ○○에게 필요한 실질적 도움이 무엇인지 학교에서의 청소년 지도 경험을 되짚어 보았다.

먼저 ○○이의 종합심리검사를 통해 문제점이 무엇인지 파악을 하였다. 한국가이던스의 개인 온라인 검사인 자아·성격 검사, 정신건강·중독 검사, 학업·진로 검사를 실시하여 결과를 공유하였다.

○○이는 특히 정신건강 중독검사인 인터넷·게임중독검사, 스마트폰중독검사를 비롯하여 다양한 검사를 실시하여 문제점을 파악하고 맞춤형 멘토링을 체계적으로 실시하였다.

9월 2일, 소년2단독 제102호 법정

판사님은 ○○의 잘못된 행동과 잘못에는 처벌이 반드시 따름을 이야기하였다. 관찰보호위원의 변론과 지도에 따라 ○○의 행동이 개선될 것을 기대하면서, ○○이는 앞으로 더욱더 성실하게 생활할 것을 주문하고, 4주 동안의 교육 프로그램을 이수와 2년 동안 보호관찰을 받도록 판결하였다.

나와 ○○이, 그리고 그의 아버지는 서로 말없이 얼싸 안았다. 새 생명을 얻은 기쁨과 결의에 찬 눈으로 나에게 감사함을 표시하였다. ○○이의 굴곡진 가정사를 들었다. 또래 친구의 부모님보다 나이가 많은 아버지, 어머니, ○○이와 6년 차이 나는 여동생 네 식구의 굴곡진 삶의 모습을 들었다.

11살의 나이 차이와 성격 차를 해소하지 못한 부모님은 ○○이가 중1, 여동생이 초등학교 1학년인때인 2019년 9월 심한 갈등으로 결국 이혼했고, 공공근로를 하는 아버지가 ○○이와 여동생을 맡아서 키웠다고 한다. ○○이와 그의 여동생은 그 과정에서 얼마나 큰 심적 박탈감과 상처를 입었을까? 부모들의 갈등을 자녀들이 왜 짊어져야 하는가? 마음이 답답하였다.

나는 왜 ○○이를 위하여 10장의 탄원서를 제출하고 재판장까지 갔을까? 35년 동안 교단에서 학생들을 지도한 교사의 입장에서 나는 ○○이와 같은 학생들에게 얼마나 사랑을 줬는가? 라는 물음에

속 시원하게 대답할 수 없음을 고백한다.

그렇기 때문에 우리 사회가 품어야 한다는 생각으로 재판장까지 가서 판사님에게 호소하였다. 재판장은 나의 이런 용기에 박수를 보내면서 2년 동안의 보호관찰을 허락하여 주셨다. 감동적인 장면이다. 부모의 사랑과 학교 선생님들의 사랑은 ○○에게는 먼 나라 이야기였다.

12월 12일, 마지막 만남에서의 위로

마지막 만남의 날이었다. 퇴직공무원 사회공헌(Know-how+) 사업으로 시작한 특별보호관찰위원 활동은 1년 단위이기 때문이다. ○○이는 12월 28일 재개발로 인하여 △△구로 이사할 계획이라고 하면서 그동안의 보호관찰 멘토링에 대한 소감문을 나에게 보내왔다.

> 66
> 특별 상담을 하면서 느낀 점은 일단 처음 3월에는
> 나가기 싫어하고 그랬지만
> 첫날에 김창학 선생님께서 좋은 말씀을 많이 해주시고
> 포기하시지 않으려는 모습을 보고 나도 열심히

해야겠다라는 생각이 들었다.

하지만 4월 달쯤 사고를 쳐서 재판을 봐야되는 위기에 놓였지만

김창학 선생님께서는 나를 포기하지 않으시고 탄원서를

써주시고 나를 위해 재판장까지 오셔서

무사히 나올수 있게 되어서

정말 아직도 감사하게 생각한다.

김창학 선생님이 항상 인생조언과 성공의 길을 알려주시기에

재범을 안 하고 바른길로 인도할 수 있던거 같다.

월래는 상담을 싫어하고 안가고 싶지만

김창학 선생님은 조금 달랐다.

나에게 변화를 많이 주웠다 내년에도 꼭 상담을 이어나가고 싶다.

99

맞춤법은 틀렸지만 진심이 느껴지는 소감문이었다. 나는 고민하기 시작하였다. 퇴직공무원 사회공헌(Know-how+) 사업인 특별보호관찰위원으로의 ○○이와의 만남은 끝났지만, 여기서 만남을 중지하면 일탈하지 않을까 하는 걱정에 며칠을 고민하였다.

○○이가 주소지를 옮긴 △△구의 보호관찰소에 그동안의 사정을 말씀드리고 ○○이의 보호관찰을 기간 동안 특별하게 보호관찰 활동을 할 수 있도록 부탁을 드렸더니 **보호관찰소에서 2년간 보호관찰위원으로 지정해 주셨다.

한때의 잘못으로 엄청난 대가를 치른 사실을 인지하고 있는 ○○이, 지속적인 관찰과 격려를 통하여 바르게 살겠다는 의지가 지니게 된 ○○이. 앞으로 지속적인 관찰과 지도를 통하여 ○○이가 새로운 삶을 살도록 마음의 힘도 키워주고 격려하고 든든한 후원자가 되어야겠다는 마음으로 2년째 퇴직공무원 사회공헌(Know-how+) 사업과는 별개로 멘토링 활동을 지속하고 있다.

2023년 2월 21일, 진심이 느껴지는 글

○○에게서 반가운 연락이 왔다.

> 66
>
> 감사합니다. 선생님 항상 걱정해 주시고
> 챙겨주셔서 진심으로 감사합니다. 선생님 덕분에 저 역시
> 지금까지 살아오면서 바뀔 수 있었던거 같습니다.
> 재판장부터 시작하여 저에게 많은
> 관심 가져주셔서 정말 감사하고 존경합니다.
> 선생님 저에게 유일하게 신경써주시는건
> 선생님밖에 없습니다.
> 감사하고 사랑합니다. 선생님
>
> 99

맞춤법은 틀렸지만 진심이 느껴지는 글이다. 지금도 멘토링이 있는 전날에는 연락이 온다. 올해도 5명의 보호관찰대상자와 ○○이의 멘토링을 이어가고 있다.

2023년 8월 24일, 반갑게 이어가는 만남

○○이는 평소 생활에서 정상적인 리듬을 찾았고 삶에 대한 의지가 강해 보였다. 뚜렷한 목표를 세우고 목표를 달성하기 위하여 노력하겠다는 다짐을 하였다. 시사, 정치에 많은 관심을 갖고 있으며 주로 전자신문을 통해 시사를 접하고 있다고 한다.

현재의 생활에 만족하고 있으며, 아르바이트를 하려고 했지만 잠시 접고 검정고시를 통해 고등학교 졸업자격을 먼저 취득하겠다고 한다. 중학교에서는 책과는 거리가 먼 ○○이가 공부를 시작하겠다고 한다. 변화가 일어났다. 2023년 8월 하반기 검정고시에 응시하여 합격을 기원하고 있다. 사회의 불안요인으로 학교 밖 청소년이 제자리로 돌아오기 어려운 것이 엄연한 현실이다. 그럼에도 ○○이가 당당한 시민으로 성장하기를 기대해 본다.

범죄와 거리가 먼 청소년으로 오늘도 반갑게 만났다. 사랑과 기다림으로 지켜봤다. 지금도 책상에는 3년 동안의 만남을 기록한 보호관찰멘토링 일지를 보면서 내가 선택한 보호관찰청소년 멘토링 사업에 참여하길 잘했다는 생각이 든다. ○○의 성장으로 나 또한 삶이 잘 영글어 가는 느낌이다.

2023년 10월 24일, 진심이 느껴지는 약속

○○이와의 만남은 이어지고 있다. 사회공헌사업으로 만남은 끝 났지만 판사님과의 약속을 지키기 위하여 2년 동안의 만남을 이어 가고 있다. 지난 9월 25일 실시한 정신건강 검사인 '스마트폰 검사' 결과를 설명했다.

○○이의 스마트폰 중독 점수는 2점으로 휴대폰 사용에 중독되 어 있을 가능성이 낮다는 결과였다. ○○이는 한때 게임사기 전과가 있기 때문에 유혹에 빠지지 않기 위하여 관심을 갖고 지켜본다.

○○이에게 스마트폰 중독이 되면 스마트폰에 대한 의존도와 사 용 시간이 늘어나게 되어 스마트폰을 사용하지 않을 때 불안과 초 조함을 느끼게 되고, 일상생활에서 부적응이 나타나도 이를 조절할 수 없는 상태에 빠질 위험이 있다는 것을 설명했다.

그리고는 스마트폰은 편리성이라는 장점을 가지고 있지만 여러 가지 단점을 가지고 있다는 점을 차분히 말해주었다. 그러자 ○○이는 "선생님, 이제는 게임 안합니다. 걱정마십시요"라고 말한다.

2023년 11월 20일, 스스로에게 하는 다짐

○○이는 오늘 약속된 멘토링 시간보다 일찍 나와 약속 장소에서 기다리고 있었다. 내년에는 올해 합격하지 못한 검정고시에 합격할 수 있다고 자신 있게 말한다. ○○이는 현재 본인이 할 수 있는 아르바이트를 알아보고 있다고 한다. ○○이는 본인의 삶의 목표를 정해서 앞으로만 정진하겠다고 스스로 다짐했다.

진로문제원인검사를 병행하여 실시하였다. 진로문제원인검사에서 ○○이는 직업을 선택할 때 가장 먼저 고려하는 것은 돈과 안정된 직업을 갖고 싶다고 응답하였다. 그러면서 부모님이 원하는 직업을 갖겠다고 응답하였다. 진로에 대한 뚜렷한 생각을 갖고 있음을 확인하였다.

○○이는 반성하고 있으며 절대로 재발하지 않겠다는 의지를 피력하는 것을 봐서 여러 건의 사건 경험이 있지만 재범에 대한 우려는 없다는 사실을 확인할 수 있었다. 지난해 9월 2일 판사님의 판단이 옳았다고 본다. 소년원에 보내는 것보다 보호관찰을 통해 사회 적응을 돕는 것이 사회적 비용을 줄이는 효과를 가져온 것이다.

오늘 멘토링을 마치고 집에 오자 카톡 문자가 왔다.

66

선생님을 만난 1년 8개월 동안 감사한 것은
방황을 하고 있을때 진심어린 마음으로 도와주셔서 감사합니다.
다시는 다른 쪽으로 이탈하지 않게
지금까지 지도해 주셔서 감사합니다.
그다음으로 보람찬 것은 꿈에도 생각못한
검정고시 시험을 선생님 덕분에 나마 시험도
신청해서 처음으로 보게 되었다.
물론 합격은 못했지만 그런 기회로만으로도 보람차다.
다음엔 꼭 붙을 것이다.
마지막으로 앞으로의 계획은 검정고시를 합격하여
안정된 재정의 직장을 다니며 남들처럼
살지는 못해도 정직하게 살아가며 사회생활을 할 것이다.

99

한때의 잘못을 인정하고 사회가 품어줄 때 바르게 성장할 수 있다는 표본이 아닐까하는 생각을 가져본다. 일회성 지도가 아니라 지속적인 관심과 연락을 통해 만남을 이어가고 있다. ○○이에게 너무나 많은 변화가 일어났다.

현재도 정부는 보호청소년들에 대한 여러 가지 시스템이 존재하고 있다. 그러나 실질적인 보호 시스템은 대상자들에 대한 맞춤형 시스템이 아닌 형식적인 보호관찰 시스템으로 재범을 줄이는 효과가 그다지 효과를 발휘하지 못하고 있는 것이다.

전반적으로 늘어나는 보호청소년들에 대한 보호시스템을 재정비할 필요가 있다고 본다. 특히 보호청소년 관찰업무는 전문성과 보호청소년에 대한 의지가 빈약한 상태에서의 관찰활동은 효과를 거두기가 쉽지 않다는 점이다. 우리사회의 시스템은 잘 갖춰진 편이라고 본다.

그러나 그 제도를 운영함에 있어서는 획일적이고 규격화된 시스템으로 대상자에게 도움을 주지 못하는 점과 사회의 인식변화를 개선할 필요가 있다고 느껴진다. 그렇다면 무엇이 변화를 가져왔을까? 사회의 사랑과 관심이다. 우리 모두가 정성을 쏟아서 일탈된 청소년들을 사랑으로 품을 때 사회로의 복귀가 빨라진다는 사실을 ○○이가 증명했다고 나는 믿고 싶다.

환경을 바꿔줘야 한다

3월 7일, 억울함을 호소하는 상현이

상현이와의 첫 만남에서 환경을 바꿔줘야 한다고 굳게 생각했다. 3월의 쌀쌀한 날씨임에도 상현이는 양말도 없이 슬리퍼를 신고 약속 장소에 나타났다. 상현이는 특성화 고등학교를 다니다 2학년 때 학교를 그만둔 학교 밖 청소년이다.

어릴 때 부모가 이혼하여 청각장애인이 모친과 생활하고 있으며 가정환경은 열악한 환경이었다. 첫 만남에서 상현이는 억울하다고 하였다. 자기는 사건(사기)에 관련되지 않았는데 자기 계좌가 도용(盜用)되어 처벌을 받게 되었다고 하면서 억울하다는 것이다.

그러면 지금이라도 잘못을 밝혀야 하지 않겠냐고 했더니 지금은 그럴 필요가 없다고 대답하였다. 보호관찰을 잘 받아서 끝냈으면 하는 눈치였다. 1년간의 보호관찰기간을 준수하도록 당부하고 첫 만남에서는 주로 상현이의 얘기를 듣는데 시간을 쏟았다.

상현이는 스스로 얘기하지는 않고 묻는 말에만 대답하였다. 당시

코로나19로 인하여 친구들과의 교류는 없다고 하였다. 그동안 낮밤이 바뀌어 낮에는 잠을 자고 밤에 일어난다고 하였다. 가정에서 식사를 해결하지 않고 편의점에서 끼니를 해결한다고 하였다. 내 판단으로는 사기를 칠 가능성은 낮아 보였지만 기록이 존재하기 때문에 섣부른 판단은 할 수 없었다.

다음 만날 약속을 하고 헤어졌다. 나는 상현이와 헤어져서 보호관찰소 담당 주무관과 통화를 했다. 상현이가 억울해한다는 이야기를 전하며 다시 확인할 수 없을까 하고 문의했더니 "위원님, 대부분의 보호대상 아이들은 인정을 하지 않습니다. 너무 걱정하지 마십시오"라고 대답한다. 나는 걱정이 되어서 다시 한번 확인해 줄 수 없느냐고 부탁을 했다. 돌아온 대답은 똑같았다.

4월 6일, 세 번째 멘토링

약속 장소에서 3시간을 기다려도 나오지 않았다. 세 번째 만남에서 상현이는 약속장소에 나타나지 않았다. 약속 장소에서 3시간을 기다렸다. 청소년 대상의 보호관찰 업무는 사랑과 기다림이다. 기다림 없이는 보호관찰을 할 수 없다고 본다. 제때 약속을 지키면 얼마나 좋을까?

3시간을 기다려도 오지 않으니까 집을 방문했다. 초인종도 고장이 났다. 약속을 잊어버리고 낮밤 바뀌어 자고 있다. 어렵사리 잠에서 깨운다. 한참 후에 상현이를 데리고 나왔다. 화를 낼 수도 없다. 내가 택한 이일을 누구를 탓하랴. 인내만의 해결책이다.

왜? 상현이는 밤과 낮이 바뀌었을까? 원인은 가정환경에서 찾을 수 있다. 여기에서 길게 옮기는 것은 바람직하지 않아 더 이상 옮기지 않기로 했다. 진로에 대하여 이야기를 나눴다. 상현이는 청각장애인들의 편리를 제공하는 일에 참여하겠다고 한다. 수화통역사의 길을 가겠다고 한다. 21세에 수화통역사 자격증을 취득하여 서울농아협회에서 근무하겠다는 꿈을 얘기하였다.

검정고시 계획을 갖고 있다고 하였다. 서울보호관찰소에서 교재를 지원받아 올 8월 검정고시를 통해 고졸 합격증명서를 받을 계획이라고 하였다. 나도 적극 돕겠다고 하였다. 생활은 어머니가 오전 10시부터 오후 5시 30분까지 근무하는 직장생활 하셔서 가정생활을 유지한다고 하였다. 상현이는 다시는 사고(재범)를 치지 않겠다고 다짐한다.

4월 16일, 진짜 멘토링이 필요한 아이

다시 만난 상현이는 그동안 핸드폰의 소리기능과 진동기능이 작

동하지 않아서 통화하는데 어려움이 있어 연락이 되지 않았다고 한
다. 가까운 서비스 센터에서 수리를 받도록 하였다. 법을 준수하도
록 특별히 안내하였다.

주로 집에서만 생활하고 있으며, 친구들과의 교류도 없다고 한
다. 본인은 소극적이나 주변사람들을 잘 챙기고 쉽게 친해지는 성
격이라고 하지만 사회성이 떨어짐을 확인하였다. 진정으로 멘토링
이 필요한 친구였다.

7월 15일, 아홉 번째 만남

최근에는 서울보호관찰소에서 제공해 준 반찬 등으로 집에서 식
사를 해결한다고 한다. 상현이의 이웃집에서는 상현이네가 집 정리
를 제대로 하지 않아 냄새가 난다고 신고를 하였다. 집안의 환경개
선을 위하여 서울보호관찰소 최 사무관과 윤형노 주무관(현 동부보
호관찰소 근무)이 상현이네의 집안 환경 개선 작업을 도왔다.

서울보호관찰소 차량을 이용하여 상현이는 북부 쉼터에 이동시
킨 후 작업은 진행되었다. 집안 환경은 생활하기에 불편한 점이 없
이 개선되었으며 노트북 사용을 위해 방에는 책상도 구비하였다.
지금도 인터폰과 초인종은 개선되지 않아서 밖에서 연락할 때 불편

하다고 했다. 서울보호관찰소 최 사무관과 윤형노 주무관의 헌신적인 노력을 이 책을 통하여 고마움을 전하고 싶다. 상현이도 두 분께 감사하다는 생각을 갖고 있었다.

11월 3일, 열일곱 번째 만남

상현이는 계속해서 아르바이트 일거리를 찾고 있으나, 마땅한 일자리가 없어서 계속 찾고 있는 중이었다. △△동의 복지사례관리 담당자와 일자리를 위하여 계속 알아보고 있다고 했다.

△△동 복지팀과의 전화통화를 했다. 복지사례관리 담당자는 외부인의 관심을 갖고 연락해준 데 대하여 매우 고맙다고 했다. 우리 공무원들의 자세를 엿볼 수 있다. 지속적으로 관심을 갖고 지원책을 강구하겠다고 한다.

일자리를 찾아주는 역할을 통해 올바른 사회생활을 위해 지도해주는 역할이 필요하다는 생각이다. 상현이는 지금도 밤과 낮이 종종 바뀌어 생활하고 있기 때문에 규칙적인 생활이 되지 않고 있다. 약속의 소중함과 시간을 잘 지키도록 안내했다. 생활의 변화를 주기 위해서는 규칙적인 일자리가 필요하다. 노력하기로 했다.

12월 7일, 열아홉 번째 만남

상현이는 당초 12월 2일 10시에 만나기로 약속했으나 약속 장소에 나오지 않았다. 6일까지 연락이 없다가 7일 7시쯤 돼서야 연락이 와서 금일 멘토링을 실시하였다. 그동안 친구의 오토바이 파손에 대하여 지난달에 친구에게 300만 원을 지불하고 문제를 해결했다고 한다.

'言行一致(언행일치)', 약속의 소중함을 인식하도록 설명하였다. 추후 성실하게 멘토링 활동에 참여하겠다는 다짐을 받았다. 상현이는 밤과 낮이 바뀌어 계획적인 생활을 하지 못하고 있다고 한다. 환경 개선이 필요하다. 사회의 손길이 필요한 친구라고 생각한다. 멘토링은 끝났지만 아픈 손가락이다.

상현이는 멘토링이 끝나는 날 나에게 메시지를 보냈다. 평범한 사람으로 살아가겠다는 다짐의 글이다. 안심이 되었다.

66

그동안 법무부 보호관찰 받으면서 앞으로
똑같은 일을 저지르면 미래에 더 큰 문제가 생길 수 있다는
것과 앞으로 살면서 검정고시 시험에 합격해서
취업에 대해서도 알아보고 법무부 보호관찰로 인해서

내가 어떤 삶을 살았는지 어떤 삶을 살아야 하는지

느끼게 되는 계기가 생겼고

이제 또 이런 범죄에 가담되거나 가담하지 않고

남들처럼 평범한 사람으로 살 것입니다.

99

보호관찰멘토링으로 상현이는 다시는 범죄에 가담하지 않겠다는 다짐만으로도 본래의 목적을 달성했다고 할 수 있다. 그늘진 그늘에서 생활하고 있는 또 다른 금쪽이들을 사회의 품속으로 품는 노력을 얼마나 기울이는 가에 따라 사회적 비용을 감소시킬 수 있는 길이라는 사실을 우리 사회는 명심해야 한다고 생각한다.

나는 왜 태어났어요?

——

3월 11일, 가슴이 무너지는 질문

현이와의 만남에서 현이는 대뜸 나에게 "나는 왜 태어났어요"라는 질문을 했다. 마음속으로는 '너는 이 세상에서 쓸모 있는 인간이기 때문에 꼭 필요해서 태어났단다'라고 생각했지만 차마 내 입으로 말을 할 수가 없었다.

지금 이 말을 해도 믿을 눈치도 아니었다. 미안하다는 말을 몇 번이고 되풀이했다. 내 잘못도 아닌데 나는 할 말을 잃어버렸다. 현이는 왜 이런 질문을 하는가? 3년 동안의 보호관찰위원으로 활동하면서 현이와의 만남이 나를 가장 가슴 아프게 하였다.

누가 현이에게 돌을 던질 수 있을까? 지난해 보호관찰위원으로 만남을 가진 후에도 지금도 만남을 이어가고 있다. 우리 사회는 현이에게 빚이 있다고 생각한다.

현이는 태어나자마자 1년도 안 되어서 사회복지시설에 버려졌다. 19년 동안 단 하루도 사회복지시설을 벗어나지 못한 아이였다.

보호관찰소와 시설 선생님과의 상담에서 규칙을 잘 준수하지 않고 있음을 확인하였다. 온통 사회에 대한 불만이 가득한 상태로 만났다. 쉽게 입을 열지 않았다.

나는 기다렸다. 재촉하지 않았다. 멘토링 날짜에 상관없이 연락을 자주하였다. 아픈 마음을 치유해야 마음의 문을 열것이라고 생각하여 기다리기로 하였다.

한없는 사랑과 기다림의 세월

나는 세 번째 만남에서 '인재의 반격'(쌤앤파커스)이라는 책을 교보문고에서 구입하여 읽도록 주었다. 그렇게 사회에 대한 원망으로 가득 찼던 현이가 드디어 입을 열기 시작하였다. 입을 연 이유를 물어봤더니 현이의 대답은 지금까지 현이를 인간적으로 대접받은 것은 처음이라고 대답했다.

모두가 인간적으로 사랑으로 대했으리라 생각하지만 방법의 차이가 있지 않았나 하는 생각을 가져본다. 현이는 폭력행위 등 처벌에 관한 법률 위반자(우범자)다. 멘토링 활동에서 앞으로 ①재범방지 ②계획수립(시간 지키기) ③약속 잘 지키기 다짐을 하였다.

그동안 잘 지켜지지 않지만 처음으로 다짐을 하였다. 변화가 일기 시작하였다. 술은 중1때부터 시작했으나, 지금은 하지 않고 있다고 한다. 담배는 하루에 1갑 정도 피웠으나, 앞으로 하루 5개비 정도를 줄이겠다고 약속한다. 칭찬하였다. 나의 오랜 경험에 의하면 변화를 이끌 수 있는 가장 큰 원동력은 칭찬이었다.

현이는 본인의 장점은 모든 운동을 좋아하는 것이라고 했고, 단점은 게으름이라고 했다. 시간을 잘 지키도록 안내했다. 재촉보다는 스스로 할 수 있도록 유도하였다. 현이도 장점이 있는 아이라는 것을 느끼게 하고 싶었다.

2021년 중고나라 사기 사건으로 인하여 서울지검으로부터 '피의사건 결과 통지서'를 받은 사실을 나에게 알려 줬다.(서울가정법원 소년보호사건으로 송치됨) 현이는 현재 큰 고민은 없으나, 잠을 제때 자지 못해 아침에 일어나지 못하고 있다고 한다. 현이는 얼마전부터는 동네 떡볶이집에서 오후 4시부터 자정까지 아르바이트를 하고 있다고 하였다.

현이는 공부에는 관심이 없으나, 사회생활을 위하여 졸업장은 필요하다고 인식하고 있었다. 다시는 사고를 치지 않겠다고 굳게 다짐하였다. 4월 15일에 네 번째 만남을 약속하고 헤어졌다.

4월 15일, 네 번째 만남

지난 주에 교보문고에서 구입해 읽어보라고 준 책을 읽고는 있으나, 뜻을 이해하지 못한다고 하여 자세히 설명해 줬다. 현이에게 성공할 수 있다는 믿음을 심어줬다.

'현이 소개하기', '10년 후의 나의 모습 쓰기', '미래의 나의 모습 그려보기' 등을 해보았다. 그래도 비교적 자기 뜻을 표현하였다. 반응이다. 지난달부터 시작한 동네 떡볶이집 아르바이트로 72만 원을 받았다고 자랑을 한다. 칭찬했다. 자기 스스로 돈을 벌었다는 것이다. 대견해 보였다.

6월 17일, 여덟 번째 만남

현이에게 지난주에 실시한 '대인관계 검사인 '대인관계 문제원인 검사' 결과를 자세히 설명해 줬다. 현이에게 상대방을 배려하거나 생각하지 않고 내 감정을 있는 그대로 표출하는 자기중심적인 면이 있어서 대인관계가 어려울 수도 있다고 설명해 줬다. 본인도 수긍하는 눈치였고, 고치도록 노력하겠다고 했다.

물론 자신의 감정을 숨기지 않고 표현하는 것은 좋지만 상대방을 배려하는 것 역시 대인관계에 있어서 중요함을 설명하고, 내가 소중하듯 상대방 역시 소중하다는 사실을 잊지 않도록 강조했다. 현이는 지난날의 사고에 대하여 깊은 반성을 하고 있으며, 다시는 재발하지 않겠다고 거듭 말한다.

현이는 약속 전일(16일)에는 카톡으로 오늘 만남을 미리 알려 왔으며, 멘토링 활동을 통해 본인이 많이 변하고 있다고 자랑한다. 지난주에는 58시간, 이번 주에는 11시간의 음식보조 아르바이트를 했다고 한다.

사회복지시설을 나가게 되면 스스로 자립해야 한다고 하면서 자립 의지를 불태웠다. 그러나 사호복지시설에서는 현이가 문제아라 다루기가 힘들다고 한다. 특히 어른들에 대한 반감이 많다고 한다. 쉽게 치유할 수 없다는 사실을 잘 안다.

현이는 올해 안에 5백만 원의 돈을 모으겠다고 하면서 자신 있다고 한다. 돈은 버는 것도 중요하지만 관리하는 것이 중요함을 일깨워 줬다. 만나면 멘토링 이후의 삶에 대하여 자세히 이야기한다. 친구 관계, 사회복지시설에 관한 얘기, 아르바이트 장소에서의 얘기 등을 들을 수 있다. 얼마만의 변화인가?

9월 13일, 열네 번째 만남

기다려도 나오지 않는다. 사회복지시설의 담당 선생님과 통화를 했다. 현이는 9월 8일부터 생활규칙을 제대로 지키지 않아서 같은 방을 사용하는 중 3 동생이 다른 방에서 생활하고 있으며, 동생들에게 불편을 주고 있다는 사실을 확인했다.

현이를 만나러 갔다. 자고 있었다. 늦게까지 아르바이트를 해서 일어나지를 못하고 있었다. 한참 후에 깨워서 데리고 나왔다. 규칙을 잘 지키지 않고 있으며, 관리자의 지도에도 잘 따르지 않고 있음을 확인하고 규칙을 지키고 사회생활의 규범에 대하여 이야기했다.

한참 동안 아무 말이 없다. 멘토링 활동이 효과가 없어지는 것이 아닌가 하는 불안감이 역습하였다. 시간이 지난 다음에 명절은 잘 보냈느냐고 물어봤다. 현이는 명절이 없었으면 한다는 의외의 대답을 했다.

왜 그러느냐고 했더니 명절에 대한 추억이 좋지 않다고 했다. 현이는 명절에 사회 여러 곳에서 물건이 많이 온 적이 있다고 한다. 직접 방문하는 경우에는 사진 촬영이 있었다고 한다. 웃으라고 한다고 했다. 웃고 싶지 않지만 빨리 웃고 사진을 찍어야 끝나기 때문에 어쩔 수 없었다고 한다. 아래쪽에서는 발로 툭툭 치면서 '웃어, 웃어'라고 한다.

가슴이 아팠다. 일방적인 이야기일 수 있기 때문에 글로 옮기는 것을 주저했지만 보호청소년이 느낀 그대로를 옮기는 것이 좋다고 판단하여 옮긴 점을 독자들은 이해했으면 하는 바람이다. 몇 년 전에 법무부 장관과 차관이 소년원을 방문한 사진이 기억나는 한 장면이다.

12월 13일, 스무 번째 만남

상담 노트에는 본인의 잘못으로 엄청난 대가를 치른 사실을 인지하고 있으며 앞으로는 계획을 수립하여 성공한 삶을 살겠다고 다짐하나, 지속적이고 적극적인 관찰과 지도가 필요하다고 보임이라고 기재되어 있다.

아직도 태어나자마자 버려진 것에 대한 원망이 매우 큰 것 같았다. 멘토링을 마치고 돌아오는데 카톡이 왔다. 맞춤법은 틀렸지만 감동이었다. 모든 사회의 어른들을 적으로만 돌렸던 현이가 마음의 문을 열기 시작했다. 집에 오자 이런 카톡 문자가 왔다. 진심을 느낄 수 있는 대목이다.

선생님 저희가 3월달 쌀쌀한 날부터
한 달에 두 번씩 만났는데 벌써 12월달

눈이 펑펑 오늘 계절이 다가왔습니다.

선생님과 10달 동안 많은 일이 있던거 같습니다.

처음에는 만나기도 힘들고 자는게 더 좋아 귀찮아서

늦게 나가고 그랬지만 한번 두 번 상담 하다 보니

제가 나가서 무엇을 얻는지 생각해 봤습니다.

선생님께서는 항상 저에게

너는 성공할거다 라는 말을 해주셨습니다.

그 말을 들은 저는 처음에는 성공할 수 있을까 생각했는데

이젠 성공할 수 있겠다 로 바뀌었습니다.

감사합니다.

선생님 덕분에 이젠 성공을 안 하면 안될 정도로

성공해야겠다는 생각밖에 안듭니다.

선생님께서 오늘 성공하려면 시간약속, 계획 등 말씀해

주셨는데 항상 까먹지 않고 머릿속에 새겨두겠습니다.

선생님을 만나면서 재 자신이 변화한 걸 느끼면 신기합니다.

제 주변 어른들은 저를 못 바꿀거라 생각했지만

선생님께서 아버지처럼 따뜻하게 대해

주셔서 저도 이만큼 많이 바뀐거 같습니다.

제가 꼭 성공해서 이 은혜 잊지 않겠습니다.

선생님, 10개월 동안 저는 좋은 말만 들어 자신감이 생겼습니다.

선생님과 한 약속을 다 지키고 10년 후

성공해 맛있는 밥 사드리겠습니다.

그동안 아버지처럼 보살펴 주시고

좋은 길로 인도해주셔서 감사합니다.

저는 이 10개월간에 상담 잊지 않고 평생 기억하겠습니다.

저에게 좋은 기회를 주셔서 감사합니다.

종종 연락드리겠습니다. 감사합니다.

99

멘토링은 종료되었지만 가끔 연락이 온다. 식당 주방에서 보조 아르바이트를 하고 있다고 연락이 온다. 아버지라는 말을 처음으로 썼다고 한다. 아버지! 아버지! 잊지 못할 아버지!

잘 지내는 줄 알았는데 현이는 멘토링이 종료되고 5개월 후에 2023년 5월에 현이 아는 형으로부터 카톡이 왔다. 현이가 사건에 관련되어 △△구치소에 있다는 것이다.

이제 사회복귀를 앞두고 아르바이트를 하면서 차곡차곡 돈을 모으면서 자립을 꿈꾸던 현이가 사건에 연루되어 무거운 처벌을 받게 되자 2022년에 멘토링을 담당했던 나에게 연락이 왔다.

한시도 틈을 보여서는 안 되는데 잠시 동네 전과가 있는 친구들과 어울려서 사건을 일으킨 것이다. 시설의 담당 선생님과 변호사님께 사건의 내막을 확인하고 재판장님께 탄원서를 쓰기로 했다.

66

판사님!

굴곡진 가정사를 들었습니다.

일그러진 가정 이야기를 들으면서 왜 모든 문제를

보호소년인 현이가 짊어져야 했을까요?

출생과 동시에 사회시설에 버려진 현이의 삶에서

사랑이라는 단어를 모르고 살아온 현이를 보면서

현이는 학교 시절 부모의 사랑과 학교에서 선생님들로부터

사랑은 먼 이야기였습니다.

… … …

어두웠던 얼굴에서 밝은 모습을 볼 수 있게 됩니다.

멘토링 전날에는 먼저 연락이 옵니다.

멘토링날짜를 기다린다고 합니다.

18년의 삶 동안 가정, 학교, 사회에서

따뜻한 사랑을 받아보지 못한

보호소년 현이가 잘못이라고만 하기에는

너무 무거운 짐이 아니가 하는 생각을 가져봅니다.

그렇다고 해서 보호소년 현이의 범죄를 옹호하고픈

생각은 조금도 없습니다.

다시 한번 사회에 올바르게 적응할 수 있도록

보호관찰을 통해 사회적응의 기회를 주실 수는 없는지요?.

99

탄원서를 제출하고 친구 형을 통해서 현이에게서 편지가 왔다.

66

김창학 선생님께,

저 현이입니다.

편지 잘 받아보았습니다.

제가 큰 잘못을 했음에도 저를 믿고 조금이라도

도움을 주셔서 감사합니다.

좋은 말씀도 많이 해주셔서 힘이 났습니다.

힘들 때 제 옆에서 힘이 되어주시는 선생님

절대 잊지 않겠습니다.

선생님 믿어주신 만큼 나중에

보란 듯이 성공하겠습니다.

항상 잊지 않고 반성하면서 살아가겠습니다.

9월에 꼭 뵐 수 있으면 좋겠습니다.

무더운 날 건강히 보내십시오.

2023. 8. 13

현이 올림

99

편지를 받고 멘토링은 종료되었지만 지속적으로 보호를 했어야

하는데 잠시 손을 놓자마자 사고를 치고 말았다. 한번 잘못된 아

이들은 항상 위험에 노출되어 있다는 사실을 잊어서는 안 된다고 본다.

나는 지속적으로 편지를 △△구치소로 보냈다. 잘못을 했지만 반성을 하고 사회복귀 준비를 하도록 했다. 본인은 잘못을 인정하고 반성하는 삶을 살겠다고 한다. 그나마 다행이다. 희망의 끈을 놓지 않고 있다는 것이다.

66

김창학 선생님께,

오늘은 8월 30일입니다.

보내온 서신은 잘 읽었습니다.

저는 여기서 4달 동안 살았으며 선생님의 말씀처럼

잘 적응하고 잘 생활하고 있습니다.

선생님께서는 날씨 많이 더운데

잘 지내고 계셨습니까?

별일 없이 잘 지냈을거라 생각 합니다.

○○(구치소 있을 당시 후배)이는 검정고시까지 보고

형으로써 참 기특합니다.

. ○○이와 면회 오셔도 좋습니다.

오랜만에 보고 싶습니다.

○○이한테 서신 한통 하라 해주시면 감사하겠습니다.

선생님의 좋은 말씀이 저에게 '힘'입니다.
꼭 멋지게 새출발해 성공할 것입니다.
아프지 마시고 건강하십시오.
9월도 좋은 일만 있기를 기도하겠습니다.
2023년 8월 30일

99

　3차례의 편지를 주고받으며 잘못한 부분에 대한 대가를 치르고 빨리 사회에 복귀할 수 있도록 돕는 것이 나의 책무가 아닌가 하는 생각이다. 성공하겠다는 다짐을 믿어본다. 나의 탄원서 덕분인지는 몰라도 검찰의 구형보다 반으로 선고형량이 나왔다. 다시 상고하여 2심을 기다리고 있다. 현이는 분명하게 본인의 잘못을 인정하고 반성하면서 살겠다고 한다. 사회는 현이에게 빚을 졌다고 본다. 이제 우리 사회가 빚을 갚을 때가 되었다고 본다.

나는 꿈도 희망도 없어요

3월 15일, 따뜻한 손길이 아쉬운 현영이

신림중학교 상담실에서 첫 만남을 가졌다. 요즘 청소년의 모습에서 보면 고생한 흔적이 역력하다. 현영이는 2년의 보호관찰 대상자로 10개월간 내가 책임진 아이였다. 어려운 여건에서 생활하고 있지만 밝은 모습의 현영이를 만났다.

2020년 특성화 고등학교 1학년 10월 말에 스스로 학교를 그만두고 학교 밖 청소년이 되었다고 한다. 어머니의 사망으로 아버지가 생계를 책임지고 있다고 하였다. 아버지는 영업직 사원으로 집에 늦게 들어오는 날이 많아서 현영이가 혼자 생활하는 것과 다름없었고 주거가 일정치 않아서 친구 집에서 생활하는 경우가 많다고 하였다.

처음 마주 앉은 현영이의 손등은 거칠었고 추위에 노출되어 손이 하얗게 텄다. 요즘 청소년 같지가 않았다. 장갑이라도 끼고 배달하도록 하였다. 코로나19 시기에 장시간 배달 아르바이트로 수면 시간이 부족하다고 하였다. 계획적인 삶을 살지 못하고 있다고 말하였다. 위험이 여기저기 놓여 있다고 판단하였다.

심성은 착해 보였으나, 보호자의 손길이 필요해 보였다. 현영이도 가정에서 부모의 손길이 닿았으면 학교 밖 청소년이 되지 않았고 또 보호청소년이 되지 않았을 것이다. 부모의 손길이 얼마나 중요한지를 새삼 깨닫게 된다. 어려운 가정환경이지만 밝은 성격이다. 첫 만남을 뒤로 하고 다음 만날 날을 약속하고 헤어졌다. 가슴이 아파 온다.

5월 3일, 다섯 번째 만남

현영이의 검사 결과 지금 병리적인 방어기제를 사용하고 있다는 결과가 나왔다. 병리적인 방어기제는 충동, 욕구 등을 인정하지 않는 상태인데 현영이의 경우 병리적인 방어기제 중에서 부정을 사용하고 있었다. 이 경우 질병이나 실패, 불행한 사건을 현실로 인정하지 않으려 않고, 내외적 현실에 대한 전부를 수용하지 않을 때가 많다고 설명해 줬다. 본격적으로 현영이의 속마음을 알아봤다.

현영이는 약속된 시간보다 30분 일찍 멘토링 장소에 나와 있었다. 오늘 멘토링에는 친구 ○○군과 함께 참여하였다. 어렵게 번 돈을 도박 게임으로 써버렸고, 도박 게임 빚 400만 원을 최근에 아버지가 갚아 줬다고 한다. 아직 150만 원이 남았다고 한다. 아버지한테 차마 다 말을 못 했다고 한다. 이를 어찌할꼬. 도박게임으로 날려 버린 돈을 갚기 위해 장시간 배달 아르바이트를 하는 것이다.

그래도 8월에 실시하는 검정고시에 응시할 계획이 있다고 하였다. 검정고시 자료는 서울보호관찰소에서 제공한 자료를 활용할 계획이라고 하였다. 그동안 현영이는 멘토링 약속을 제대로 이행하지 않은 경우가 많아서 약속의 소중함을 인식하도록 지도하였다. 현영이는 최근에 교제하던 여자 친구와는 헤어졌다고 하면서 미래에 대한 꿈과 희망이 없다고 나에게 털어놨다.

다음에 만날 약속을 하고 헤어졌다. 꿈을 찾는 노력이 필요했다. 현영이 아버님과의 통화를 하였다. 아버님은 직업 특성상 집에 자주 들어오지 못하는 날이 많아서 제대로 돌보지 못하였다고 한다. 하루 한 번은 현영이를 확인하도록 했으면 한다는 의견을 전달하였다. 나는 도와줄 것을 부탁드렸고, 아버님은 지키겠다고 하였다.

내가 묻는 말에 대답은 잘하는 금쪽이였다. 믿지 않다. 어른의 손길이 필요했다. 나는 멘토링 날짜에 상관없이 문자를 한다. 쉬는 시간이면 게임에 빠져 있기 때문에 가급적이면 PC방에 가지 않도록 유도했다. 꿈을 찾는 노력을 기울였다.

7월 5일, 아홉 번째 만남

8번째 만남에서 현영이는 꿈과 희망이 없다고 하였다. 오늘은 한국 가이던스의 진로고민 영역 검사를 실시하여 검사결과를 놓고 멘토링을 실시하였다. 검사 결과는 무관심 14, 선택불만 7, 진로불안 12, 결정 장애 7, 사회 불만 11로 나왔다.

현영이에게 현재 자신의 상태에 대해 말해주었다. 현영이는 미래가 불확실하다고 생각하여 진로를 계획하는 것이 귀찮고 의미 없는 일이라고 생각하고 있는 것 같다고 말해 주었다. 다른 누구의 미래도 아닌 나 자신의 미래를 설계하는 일이기에 지속적으로 관심을 기울이는 것이 필요하다고 하였다.

현영이는 지난 6월부터 경기도 시흥에 있는 한 식당에서 아르바이트를 하고 있었다. 오늘 멘토링에 같이 온 친구 ○○이 집에서 생활하면서 오전 10시부터 오후 9시까지 주 6일 동안 아르바이트를 하여 매월 급여 280만 원 받을 예정이라고 했다.

현영이는 현재 큰 고민은 없다고 하였다. 다시는 사고 치지 않고 어렵게 번 돈을 저축하여 새로운 삶을 사는데 도움이 되도록 안내하였더니 열심히 살아가겠다고 한다. 몸은 힘들지만 즐겁다고 한다. 지켜보기로 했다.

8월 4일, 열한 번째 만남

경기도 시흥까지 갔다. 밝은 모습이다. 원래는 이틀 전에 멘토링 계획이었으나, 약속을 지키지 않아서 오늘 만났다. 식당에서 정식 직원으로 근무한다고 한다. 본인은 인정받아서 잘 적응하고 있으니 나에게 걱정하지 말라고 한다. 내일 월급을 받으면 남은 게임 도박 빚을 갚고 친구와 함께 월세 44만 원의 방에서 함께 지낼 계획이라고 한다.

원래는 8월부터 의류 인터넷 쇼핑몰 할 계획이었으나, 친구가 보호관찰 중이기 때문에 9월부터 시작한다고 한다. 지켜질지 의문은 들지만, 그래도 뭔가 하겠다는 생각에 박수를 보낸다. 현영이는 다음 달부터 적금을 부으면서 착실하게 생활하겠다고 다짐한다. 믿어 보기로 한다.

현영는 현재는 직장생활에 만족하면서 사고 치지 않고 성실히 생활하겠다고 다짐을 하면서 멘토링 활동에 참여한다. 한층 밝아졌다. 지난주에 있었던 일을 얘기한다. 시간 가는 줄 모르고 얘기를 들을 수 있었다. 한결 편안한 느낌이다. 다시 사고를 치지 않고 바르게 살면 되지 않을까?

11월 10일, 열일곱 번째 만남

원래는 일주일 전이 멘토링 약속일이었으나, 당일 약속 장소에 나오지 않고 연락이 되지 않고 있다가 오늘 연락을 받고 멘토링 실시하였다. 현영이는 지난주 새벽에 친구와 오토바이를 함께 타고 가다가 오토바이 충돌사고로 다쳐서 그동안 배달 아르바이트를 하지 못했다고 한다. 병원에 있어서 연락이 늦었다고 한다.

그동안 헤어졌던 여자 친구와 다시 만나서 여자 친구의 집에서 3일째 생활하고 있다고 한다. 여자 친구의 집 근처에서 만나기로 하고 근처에서 만났다. 현영이는 비교적 솔직하게 자기의 일을 얘기한다. 2주 전에 △△공원에서 후배를 폭행하였고 후배가 경찰에 신고했지만 고소 취하로 사건이 마무리되었다고 한다. 한시도 마음놓을 수 없는 금쪽이다.

현영이는 주거가 일정치 않고 있어서 불안한 생활을 하고 있다. 현영이는 준법정신이 부족하기 때문에 법을 준수하는 노력을 해야 한다는 점을 특별히 강조했다. 법을 준수하지 않을시 본인이 감당해야 할 내용에 대해서 차분하게 설명을 한다. 잘 지키겠다는 다짐을 받았다.

12월 9일, 마지막 만남

지난주에 실시한 '스마트폰 검사' 결과를 설명해 줬다. 검사 결과, 현영이의 스마트폰 중독 점수는 2점으로, 휴대폰 사용에 중독되어 있을 가능성이 낮음을 설명해 줬다. 다행이다.

스마트폰 중독에 대해 설명하고 가급적이면 게임이나 도박을 하지 않도록 했다. 그동안 19차례의 멘토링 과정에 대한 소감을 듣고 앞으로 법을 준수하여 잘못된 행동을 하지 않고, 계획을 세워가며 알찬 삶을 살아가도록 했다.

지금도 오후 4시부터 새벽 2시까지 배달 아르바이트를 하고 있기 때문에 시간적 여유가 없어 보였다. 다시는 잘못된 행동을 하지 않고 열심히 살아가겠다고 다짐을 한다. 상담노트에 기록한 내용을 확인해 봤다.

☞ **관찰보호위원의 의견** : 본인의 잘못으로 엄청난 대가를 치른 사실을 아직도 인지하지 못한 부분이 있으며, 삶에 대한 목표나 의지가 부족하였으나 지속적인 관찰과 격려를 통하여 점차 개선됨을 알 수 있음. 다만, 주위에서 올바르게 살아가도록 지속적인 관찰과 지도가 적극적으로 필요하다고 보임

멘토링을 마치고 1년이 지난 2023년 11월 1일에 다시 전화 통화를 했다. 매우 밝은 목소리였다.

66

"현영아, 잘 있니?"

"예, 선생님 잘 있습니다"

"무슨 일 없니?"

"조금 일이 있었지만 잘 지내고 있습니다. 선생님 열심히 살고
있습니다. 지금도 배달 아르바이트를 하고 있습니다."

"잠은 잘 자고?"

"예, 선생님."

"그래, 현영이를 믿는다."

"걱정 마십시오, 선생님."

나를 위로한다.

"다음에 보자."

99

전화기 너머로 들려오는 목소리는 매우 밝은 목소리였다. 어렵고
힘든 환경이었지만 용기를 잃지 않고 살아가는 모습에 조금은 안심
이 되었다. 현영이와의 전화를 끊고 생각해 보니 2022년 멘토링 때
만났던 금쪽이 중에서 가장 아픈 손가락이다. 현영이와의 만남은

글로 다 옮길 수 없을 만큼 열악한 환경이었다. 처음에는 본인의 잘못을 인정하지 않다가 멘토링이 끝날 때가 되었을 때 본인의 잘못을 인정한다고 하였던 기억이 난다.

가정에서 관심을 가질 수 없는 환경이기 때문에 쉽게 불량 친구들과의 교류가 늘어나서 바로 잡아놓으면 일탈하는 경우가 많았다. 주소가 일정하지 않기 때문에 걱정을 많이 한 금쪽이였다. 돈을 조금만 모이면 PC방에서 써버리는 경우가 많아서 걱정을 많이 했다.

나는 현영이의 손을 잡고 기도했다. 어렵게 모은 돈을 그렇게 낭비해서 되겠냐고 할 때는 알아듣지만 또 일탈하던 현영이가 열심히 살아가고 있다고 한다. 지난해 3월 처음 만났을 때 손등은 거칠었고 추위에 노출되어 하얗게 된 손이 기억난다. 스스로 변했다고 한다. 계속 끈을 놓지 않고 지켜보리라 다짐한다. 사회는 현영이에게 관심을 갖고 품는 노력을 지속해야 한다고 본다.

두 살 때 입양된 금쪽이

3월 3일, 첫 만남

'폭력행위 등 처벌에 관한 법률위반'으로 보호관찰대상이 된 태현이는 두 살 때 현재의 양부모님 집으로 입양되었다고 한다. 고등학교 2학년 때 스스로 학교를 그만둔 학교 밖 청소년이다. 담배는 중1 때부터 시작했다고 한다. 하루에 4~5개비 정도를 피운다고 한다.

첫 만남에서 왼쪽 팔에 있는 문신을 제거하려고 하고 있으며 제거 방법을 알아보는 중이라고 했다. 4월 17일이 지나면 만 18세가 되기 때문에 운전면허증을 취득하려고 준비 중이라고 했다. 운전에 관심이 많았다.

나의 오랫동안의 교직 경험상 뭔가 밝히지 못하는 부분이 있다는 생각이 들었다. 태현이에게 특별보호관찰 멘토링 기간 동안 규칙을 지키지 않을 시에 대한 설명을 하고 헤어졌다. 태현이와 헤어지고 걱정이 들어 집으로 전화를 했다.

태현이를 10개월간 특별보호관찰을 하게 된 사유와 앞으로의 계획을 설명했더니 너무 반가워하는 눈치였다. 그동안의 생활을 들을 수 있었다. 태현이를 위하여 많은 노력을 기울였음을 알 수 있는 대목이다. 앞으로 무슨 일이 있으면 언제라도 연락해 달라고 당부하고 전화를 마쳤다.

3월 14일, 두 번째 만남

전날 태현이와 문자와 전화 통화를 했다. 태현이 어머님께도 전화를 했다. 오늘 만남이 있는 날이라고 알렸다. 태현이는 두 시에 약속 장소에 나왔다. 태현이는 현재 무직 상태로 12시에 취침하여 다음 날 12시에 기상하는 생활패턴을 가지고 있었다. 우선 10시에 취침하여 10시에 기상하는 노력을 해 보라고 했다.

본인의 욱하는 성격을 고치기 위하여 불량 친구와 교류를 하지 않고 있다고 했다. 타인을 존중하고 배려하는 마음을 갖도록 했다. 서울보호관찰소에서 병원과 함께 추진하는 문신제거의료비 지원 사업에 참여하도록 안내했다.

8월 하반기에 실시되는 검정고시를 준비 중으로, 서울보호관찰소에서 제공하는 교재를 중심으로 학습 계획을 세워가고 있다고 했다. 두 번째 만남까지 나는 주로 듣기만 했다. 시간을 잘 지킬 것을 주문하고 헤어졌다.

5월 10일, 다섯 번째 만남

원래는 전날에 5차 멘토링을 계획이었으나, 태현이가 오토바이 사고로 인하여 핸드폰이 파손돼 연락이 되지 않아서 하루 늦게 만났다. 오토바이 사고로 인하여 140만 원을 양부모가 대신 갚아줬다고 한다. 언제 어디서든 사고가 날 수 있는 태현이는 정말 걱정이 되는 아이였다.

그렇기에 부모님께서는 늘 걱정하고 있었다. 다음 주에는 3박 4일 일정으로 중학교 동창 10여 명과 함께 부산 여행을 계획 중이라고 한다. 특히 안전에 유의하도록 했다. 태현이에게 필요한 것은 준법이다. 법을 지키지 않을 시에 불이익이 올 수 있음을 강조하고 헤어졌다.

6월 9일, 일곱 번째 만남

지난 일요일에 집을 나와서 봉천동에 사는 중학교 동창(현 서울공고 재학 중) 친구 집에서 생활 중이라고 한다. 태현이는 집을 나온 이유는 집이 불편하기 때문이라고 했다. 그동안 헤어졌던 여자 친구와 다시 교제를 시작했다고 한다.

　검정고시는 어떻게 준비 중인지 물었다. 선택교과 체육, 한국사, 사회 위주로 공부를 했다고 한다. 태현이는 현재 별다른 고민은 없으나, 집에서의 생활에 불편을 느끼고 있다고 한다. 재범 확률은 높지 않으나 지속적인 관찰과 지도가 절대적으로 필요한 상태였다.

　그래도 연락망은 가동되고 있었다. 6월 하순쯤, 태현이에게서 연락이 왔다. 주변에 있는 가게 셔터 문을 파손하여 45만 원을 변상하고 관악경찰서에서 조사를 받았다고 한다. 관악경찰서 담당 형사에게 전화를 했더니 '처벌불원서'를 작성하여 제출하면 선처가 된다고 하였다. 담당 형사에게 특별보호관찰위원이라는 신분을 밝히고 선처를 부탁했다.

　나는 처벌불원서 양식을 작성하여 태현이에게 줬다. 태현이는 7월 1일 박카스 한 상자를 준비하여 셔터문 파손 가게 주인에게 용서를 구했다고 한다. 지속적으로 태현이 어머님과는 통화를 이어갔다. 그래도 크게 어긋나지 않은 것은 태현의 어머님의 관심 덕분이라고 본다. 셔터문 파손 사건은 처벌불원서를 작성하여 원만히 해결되었다.

7월 2일, 아홉 번째 만남

8월에 실시되는 검정고시 접수 마지막 날에 접수하려고 들어가 보니 집에서 가까운 구암중은 접수 마감 상태여서 결국 검정고시에 접수하지 않았다고 한다. 그렇게 접수 방법을 안내하고 연락했건만 가까운 장소에서 볼 수 없다는 이유로 접수를 하지 않은 것이다.

내년 4월 실시되는 검정고시를 차분히 준비하고, 검정고시에 합격하면 해병대 부사관으로 군복무를 하고 싶다고 한다. 다행이다. 그래도 당당히 군 복무 계획을 밝힌 것은 의미 있는 일이다.

8월 5일, 열한 번째 만남

태현이에게는 지속적인 심리검사를 실시하여 결과를 공유하였다. 2021년도에 개발한 '청소년 보호 관찰 대상자 체크리스트'를 적극 활용하였다. 지난 7월 27일 실시한 '스트레스 대처 방식 검사' 검사 결과를 설명했다. 태현이는 스트레스를 받았을 때 문제 중심적 대처를 사용하고 있다고 설명했다.

문제 중심적 대처 유형의 사람들은 스트레스가 유발되는 문제나 상황에 직접적으로 대응하여 문제가 되는 행동을 변화하거나 환경적인 조건을 변화시켜 스트레스의 근원에 대처하려는 노력을 한다고 말해주며 스트레스 원인이 해결가능한 것이라면 문제 중심적 대처나 사회적지지 대처가 유용한 방법일 수 있다고 설명했다. 스트레스 대처방식에는 좋고 나쁨, 옳고 그름이 없다는 점을 설명했다. 각자의 스트레스 유형에 맞는 대처방식을 취하는 것이 좋다고 했다.

태현이는 헤어졌던 여자 친구(18세)와 다시 사귀기로 했다고 한다. 내년에는 검정고시에 합격하여 해병대 부사관으로 입대하여 직업군인의 길을 걷겠다고 다짐한다. 그동안 집을 나가서 친구 집에서 생활하다가 최근에는 집에 들어와서 생활하고 있다고 했다. 변화의 조짐이 보인다. 태현이는 멘토링 활동에 만족하고 있으며, 그동안 8차례의 심리검사 결과지(8회분)를 집에서 활용하고 있다고 대답했다.

약속의 소중함을 인식하여 약속 잘 지키는 사람이 되겠다고 다짐했다. 사고 치면 엄한 벌을 받을 것이라는 점을 잘 인식하고 있었다. 믿어보기로 했다.

10월17일, 열엿 번째 만남

10월 12일 실시한 '인터넷·게임중독 검사' 결과를 설명해 줬다.

검사 결과, 인터넷게임 중독 점수는 0점이다. 다행이다. 그동안의 지도가 성공적임을 알 수 있다. 태현이는 인터넷이나 게임에 중독되어 있을 가능성이 낮음을 설명했더니 만족해한다.

태현이는 최근에 오후 4시부터 새벽 2시까지 치킨 배달 아르바이트를 하고 있다고 한다. 자기의 용돈을 벌어서 사용하겠다는 것이다. 아르바이트를 하고 남는 시간에는 내년도 검정고시 합격을 위해 하루 1~2시간의 인터넷 강의를 수강하면서 검정고시 준비를 하고 있다고 한다.

집에서도 최근에 성실하게 생활하고 있다고 태현이 어머님으로부터 확인을 받았다. 열심히 아르바이트를 하면서 한 달 전에는 180만 원을 주고 오토바이를 구입했으며, 올해 12월까지 천만 원을 저축하겠다고 한다. 삶의 의욕을 보인다. 무엇이 태현이를 변하게 했는가? 잘못을 품어주고 더 나은 미래를 설계하도록 도와줬다고 생각하고 있었다. 조금이라도 변화에 한몫 했다는 사실이 뿌듯하다.

12월 8일, 마지막 만남

오늘 최종 멘토링 활동에 참여했다. 그동안의 잘못을 인정하고 새로운 사람으로 생활하겠다고 다짐하며, 내년 검정고시에 꼭 합격하여 부사관으로 군에 입대하겠다는 다짐을 다시 한다. 그동안 키워준 양부모에게도 잘하겠다는 다짐을 한다. 한층 성숙해 보였다.

19차례의 멘토링 과정에 대한 소감을 듣고 앞으로 법을 준수하여 잘못된 행동을 하지 않도록 하였다. 내 상담노트에는 이렇게 적혀 있었다. 태현의 꿈이 실현되기를 기원해 본다.

☞ **관찰보호위원의 의견 :** 한때의 잘못으로 엄청난 대가를 치른 사실을 인지하고 있으나, 지속적인 관찰과 격려를 통하여 바르게 살겠다는 의지가 엿보임. 지속적인 관찰과 사회의 관심이 필요하다고 보임

특별한 금쪽이
900일의 기록

III

다시 만난
다섯 금쪽이(2023년)

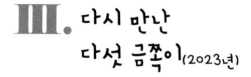

III. 다시 만난 다섯 금쪽이 (2023년)

2023년 3월. 다섯 명의 금쪽이들을 만났다. 올해 만난 금쪽이들은 고등학교에 다니는 학생 금쪽이 2명과 고등학교를 졸업한 금쪽이 2명, 고등학교 1학년 때 학교를 그만둔 학교 밖 금쪽이들이었다.

그동안 2년 동안의 보호관찰 활동에 대한 축적된 경험과 노하우가 있었기 때문에 한결 자신감이 생겼다. 무엇과도 바꿀 수 없는 경험이다. 보호관찰 업무를 하면서 느낀 점은 나의 다양한 교직 경험이 특별한 금쪽이들에게 큰 보탬이 되었다고 자부한다.

2년 동안의 상담노트를 다시 꺼내 보았다. 매일 매일 상담한 내용들을 노트에 정리해 둔 것이 크게 보탬이 되었다. 단순한 멘토링이 아니라 '왜 보호청소년이 되었을까?' 하는 의구심을 해결하는 데서부터 출발하였다. 보호관찰업무는 아무나 할 수 있는 일이 아니라는 것을 절실하게 느꼈다. 전문적인 지식도 필요하지만 남다른 인내가 필요한 활동이다.

금쪽이들을 만날 때는 시간까지 분명하게 약속을 하였어도 어긋나기 일쑤였기에 1시간, 2시간 또는 그 이상도 기다릴 수 있어야 한다. 그렇다고 늦게 나타난 금쪽이들에게 화를 낼수도 없으니 보호관찰관에게 요구되는 첫 번째 능력이 바로 참고 기다리는 능력이다. 기다리고 기다리다가 나타나지 않으면 집을 방문하게 된다. 결손 가정의 금쪽이들은 대부분 안정적인 삶을 살고 있지 않기 때문에 맞춤형 멘토링이 필요하다. 보호관찰 업무는 단순한 만남이 끝이 아니다.

가정에 문제가 있으면 주민복지센터에 의뢰하는 일뿐만 아니라, 일탈로 수사기관의 조사라도 받게 되면 수사기관을 찾아가야 하는 일, 법정에라도 서게 되면 선처를 호소해야 하는 일 등 상상하기도 힘든 일들이 포함되기도 한다. 2년을 되돌아보면 일탈한 청소년들을 지도하는 것이 쉬운 일이 아님을 뼈저리게 느꼈다.

인사혁신처에서 주관하는 퇴직공무원 사회공헌 사업(Know-how+) 중 법무부 서울보호관찰소 보호관찰 활동은 보호관찰 경험이 있는 고위직 2명과 교직 경험이 있는 2명 총 4명을 한 팀으로 구성하여 활동이 시작된다. 그러나 보호관찰 경험이 있는 1명은 3개월 만에 그만두었고 또 한 명은 1년 만에 그만두고 보호관찰 경험이 있는 1명을 다시 선발하여 3명의 특별보호관찰 업무를 수행하였다. 이것은 보호관찰 업무의 어려움이 무척 크다는 것을 방증하는 것이다.

지난 2년 동안 만난 금쪽이들과 틈틈이 통화를 하고 때로는 만나면서 보람을 만끽해 오고 있었는데, 다시 관찰 리스트를 정비하며 새로운 금쪽이들과의 만남을 준비하다 보니 기대가 되고 만남이 기다려진다.

진정으로 변화된 현준

품어줄 수 있는 가정이 있다면…

현준이는 약속한 장소에 약속 시간에 도착하였다. 중학교 3학년 때의 사건에 대하여 진심으로 반성하고 있으며, 다시는 사건을 일으키지 않겠다고 다짐하였다.

현준이가 먼저 잘못했다고 말한다. 특이한 경우이다. 내가 만나는 대상자 중에 유일하게 고등학교를 졸업한 경우이다. 현준이는 법의 처분에 불만이 없다고 하였다. 빠른 인정이다. 사건을 기억하고 싶지 않은 표정이었다.

본인의 잘못을 진정으로 뉘우치고 있다고 하였다. 한때 학교생활에서 잘못을 했지만 바르게 살겠다는 의지는 강해 보였다. 나의 교직 경험과 2년 동안의 특별보호관찰 경험을 통해 청소년의 범죄를 미화하거나 정당화해서는 안 된다는 것을 알지만, 우리 사회가 범죄에 대하여 올바르게 대처하는 것이 얼마나 중요한지를 느끼게 되는 순간이다.

나중에 알게 된 것이지만, 현준이가 빨리 인정하고 돌아올 수 있었던 것은 가정에서 손을 놓지 않았던 덕분이다. 돌아올 수 있고 품어줄 가정이 있다면, 잘못에 따른 처분을 받고 돌아오는 시간이 짧아질 수 있음을 확인 할 수 있었다. 첫 번째 만남을 뒤로하고 현준이의 앞으로의 진로에 대한 멘토링 계획을 세워야겠다고 생각했다.

새롭게 만든 멘토링 매뉴얼

청소년보호활동 멘토링 사업은 2017년부터 실시되었다. 그러나 매뉴얼이 없이 상담과 멘토링 활동을 전개하다 보니, 체계적인 지도가 이루어지지 못하고 있어 나름대로 매뉴얼을 만들어 보기로 하였다.

보호관찰 청소년들이 변화 과정을 내 나름대로 6개 항목으로 구분해 보았다. 참여도(태도 및 의지), 목표 의식, 반성 정도, 시간준수 여부, 재범 가능성(↑), 사회 적응력 등을 중심으로 체크리스트를 작성하여 상담 때마다 변화의 정도를 기재하여 전과 후를 비교하였다.

현준이에게도 전년도에 작성한 청소년 보호 관찰 대상자 체크리스트를 활용하여 다른 금쪽이 5명과 함께 적용해 보았다. 변화의 정도를 눈으로 쉽게 확인할 수 있었다. 상담 때마다 실시한 심리검사 결과지를 토대로 분석하고 제대로 적응하고 있는지를 확인하다 보면 보호청소년의 변화를 눈으로 확인할 수 있어서 좋았다.

현준이와의 멘토링에서 한국가이던스의 심리검사 결과에 쉽게 반응하였다. 현준이는 과거의 일은 반성하면서 앞으로 사회복지사가 되겠다는 꿈을 밝혔다. 적성에도 맞는다고 하였다.

〈관찰 체크리스트 예시〉

2023 청소년 보호 관찰 대상자 체크리스트

☐ **대상자 :** 5명
☐ **관찰기간 :** 2023.03.01~ 2023.12.31(10개월)
☐ **관찰자 :** 김창학 특별보호관찰위원

대상자	OOO					OOO					OOO					OOO					OOO				
1회	1	1	1	5	1	1	1	1	5	1	1	1	1	5	1	1	1	1	5	1	1	1	1	5	1
2회	3	1	1	5	1	2	1	1	5	1	2	1	1	5	1	1	1	1	4	1	2	1	1	3	2
3회	3	3	4	4	3	2	3	3	2	3	2	4	4	4	3	2	3	4	2	3	2	3	1	1	5

참고 사항 (척도: 1~5)	1. 참여도(태도 및 의지) 2. 목표 의식 3. 반성 정도 4. 시간 준수 5. 재범 가능성(↑) 6. 사회 적응력 (1은 낮음, 5는 높음)

보호관찰 청소년으로 지정되면 보호관찰 청소년, 보호관찰 대상 청소년의 부모, 특별보호관찰위원 등 11명이 상시 연락이 가능한 비상 연락망을 구축하게 된다. 이렇게 구축된 연락망을 통해 상담 결과를 공유하고 관찰 기간이 끝나도 연락을 취해 지속적으로 관심

을 가지다 보면, 한때 일탈했던 보호청소년들의 사회복귀가 어렵지 않게 다가온다.

매회 변화과정을 체크리스트를 활용하여 뚜렷한 목표를 세우고 다시는 잘못된 행동을 하지 않도록 지도하고, 전과 경험이 있는 친구들과의 교류를 차단하다 보면 몰라보게 달라졌음을 확인할 수 있었다.

어떤 효과를 거뒀는가?

한국가이던스의 자료를 활용하여 자아성격검사인 자아탄력성 검사, 방어기재 유형검사, 대인관계능력검사, 대인관계고민영역검사, 대인관계문제원인검사, 진로고민영역검사, 스트레스 검사, 스트레스 대처방식검사, 일반 성격검사, 성격 강점검사 등 10여 차례의 검사를 실시하였다. 검사 결과를 토대로 많은 대화를 나누다 보면 본인의 문제점을 파악하고 이해하는 계기가 되었다.

현준이는 본인의 범죄가 사회에 미치는 영향이 매우 크다는 사실을 인지하고 있었다. 지난날의 잘못을 반성하는 차원에서 열심히 공부하여 사회에 기여할 수 있는 사람이 되겠다는 다짐을 통해 현준이의 진정성을 느낄 수 있었다. 현준이가 바른 생각을 가지고 생활할 수 있는 것은 부모님이 현준이를 이해하고 진정으로 사랑하고 있기 때문이라는 점을 알게 되었다.

특별보호 관찰위원으로 보호대상자들을 만나는 것은 재범 방지가 우선이다. 사회구성원으로 다시는 범죄에 가담하지 않도록 하는 일과 올바른 진로 선택을 도와줘서 건강한 시민으로 성장할 수 있도록 돕는 일이다.

10월 4일, 열다섯 번째 만남

현준이는 2024년 4월쯤에 군에 입대할 예정으로 열심히 아르바이트를 해서 돈을 모으겠다고 했다. 추석 연휴 기간에도 ○○동에 있는 고깃집에서 열심히 아르바이트를 했다고 한다.

오늘은 진로 문제 원인 검사 결과를 토대로 진로에 대한 이야기를 나눴다. 현준이는 본인이 좋아하는 일이라도 부모님이 반대하면 포기하지 않고 그 일을 계속하겠다고 자신 있게 말한다. 현재 생활에 어려움이나 고민은 없다고 한다. 다행이다. 친구 관계도 원만하다고 하면서 다시는 재범에 대한 걱정은 하지 않아도 된다고 나를 안심시킨다.

현준이는 불안증 검사에서는 자주 반복되는 생각 때문에 약간 피곤한 경우가 있다고 응답해서 원인을 알아보기로 했다. 현준이는 타인의 시선을 많이 의식하는 경우라고 응답하기도 한다. 이런 문제점에 대하여 내 나름의 처방을 통해 멘토링에 적극적으로 참여하도록 유도하였다. '요즘 청년들의 고민'에 대해 현준이와 이야기를 나누었다. 현준이는 요즘 젊은이들의 가장 큰 고민거리가 바로 군 문제라고 하면서 군 복무는 반드시 해야 한다는 소신을 밝힌다.

얼마나 다행인가? 아르바이트를 통해 통장에 280만 원을 모았다는 현준이는 군입대 전까지 천만 원을 모으겠다고 하였다. 그러면서 아르바이트를 해보니, 요식업으로 성공하기 위해서는 친절해야 하고, 시간 약속을 잘 지켜 고객의 마음을 사로잡아야 한다는 것을 경험했고, 돈의 소중함을 느꼈다고 한다. 이 얼마나 멋진 젊은이인가? 의젓하기 짝이 없다.

11월 7일, 열여덟 번째 만남

오늘 만남에서 11월 1일 실시한 불안증 검사 결과를 설명했다. 현준이는 검사결과 정서가 안정되어 있으며, 자신이 하고자 하는 일에 있어서 편안함을 느끼며 자신감 있게 할 수 있다는 점을 설명해 줬다. 불안은 누구나 생활 속에서 흔히 경험하는 불쾌한 감정 중 하나라는 점을 설명했다.

불안을 느끼면 우리는 부정적인 결과가 일어나지 않도록 긴장을 하고 경계를 하며 조심스런 행동을 하게 된다는 점을 설명했다. 정신건강 검사인 '알코올 장애 검사'를 실시하여 19차 멘토링 때 결과를 설명해 주기로 했다. 알코올 장애 검사에서 현준이는 원하는 만큼 취하기 위해서 많은 양의 술을 마시는 경우가 약간 있다고 한다. 다만 원래 의도했던 것보다 많은 양의 술을 마시지는 않는다고 한다. 스스로 조절할 수 있다고 한다.

멘토링 종료 후에 날씨가 갑자기 추워졌기 때문에 보호관찰위원인 나에게 "건강에 주의하십시요"라고 인사를 하면서 나를 걱정해 준다. 변화의 한 대목이다. 그래 이거야 돌아오는 발걸음이 가벼웠다. 내 상담노트에는 이렇게 적혀 있었다.

☞ **관찰보호위원의 의견** : 두뇌 회전이 매우 빠르다. 지속적인 관찰과 지도가 필요하며 칭찬을 통한 지도를 병행할 때 효과가 크게 나타날 수 있음. 한때의 잘못을 빠르게 지워버리기를 바라고 있음

12월 3일, 열아홉 번째 만남

당초 11월 4일 멘토링을 하기로 계획하였으나, 아르바이트 일정으로 일요일인 오늘 멘토링을 실시하였다. 11월 7일 실시한 알코올 장애 검사 결과를 설명했다. 현준이는 술을 가끔 먹기 때문에 알

코올 검사 결과가 궁금했다. 검사결과, 알코올 장애일 가능성이 적다는 결과가 나왔다. 조금은 걱정했는데 얼마나 다행인가? 알코올은 적당히 마시면 긴장을 완화하고 대인관계를 향상시키는 긍정적인 효과를 지니고 있지만, 과음을 하거나 어렸을 때부터 장기적인 음주를 하게 되면 알코올에 의존성이 생겨서 '술 없이는 살 수 없는 중독 상태'에 빠지게 됨을 설명했더니 술을 가급적이면 줄이겠다는 답변을 한다. 현준이는 내 얘기를 잘 듣는다.

현준이는 앞으로의 계획을 설명한다. 한때의 일탈이 현준이는 큰 교훈이 되었다고 한다. 처음 멘토링에 만났을 때 본인이 왜 멘토링을 받아야 하는가에 대한 의문을 표시했지만 건강한 청년으로 성공한 삶을 살겠다고 몇번이나 다짐을 한다. 사회의 관심이 필요하다. 더 품어 주는 노력이 필요하다고 본다.

☞ **관찰보호위원의 의견 :** 현준이는 사회적 관심과 지속적인 관찰 활동이 필요하다. 잘못을 인정하지만 지난날의 문제를 거론하는 것에는 무척 예민한 반응을 보이고 있음에 유의할 필요가 있음

공과대학 꿈꾸는 현수

2023년 3월 6일 현수를 만났다. 앳된 얼굴이다. 편견이다. 현수는 공동폭력으로 보호관찰대상자가 된 보호청소년이다. 현수는 첫 만남에서 약속한 시간에 도착했다. 현수는 중학교 때의 사건으로 본인은 억울한 부분이 없고 당시는 모두 본인의 잘못이라고 인정했다. 그리고 다시는 절대로 재범을 하지 않겠다고 굳게 다짐하였다.

오늘은 현수의 이야기만 듣고 다음 만남을 약속하고 헤어졌다. 현수는 지난날의 잘못을 반성하며, 공부를 열심히 하여 회복하겠다는 다짐을 하는 것이다. 대부분의 보호관찰 청소년은 사건처리에 불만을 나타내는 경우가 종종 있으나, 현수는 본인의 잘못을 깨끗이 인정하고 지난날의 사건을 잊고 싶어 하는 느낌이다. 나의 교직 경험을 살려 좋은 멘토가 되기를 결심하였다.

3월 13일, 두 번째 만남

만나기 전날에는 내일 있을 만남 약속에 대한 확인 연락이 온다.

만남이 있는 날에도 일찍 와서 멘토링을 기다린다. 대인관계 능력검사와 방어기재 유형 검사를 실시한 후, 결과지를 놓고 이야기를 나누었다. 현수는 대인관계 능력검사와 방어기재 유형 결과에 관심을 기울였다.

현수는 두 번째 만남에서 보호관찰위원인 내가 자신의 지난 행동에 대해 편견을 갖고 있지 않다는 사실을 느꼈는지 본인의 속마음을 솔직하게 털어놓으며 자신의 미래 계획을 차근차근 이야기 하였다. 변화의 조짐이다. 보호관찰위원인 나를 믿는다는 것은 멘토링이 성공할 수 있음을 알 수 있다.

나는 응원한다는 메시지를 주었다. 내가 진심으로 현수를 응원하고 지켜줄 수 있다는 것을 느끼는 눈치였다. 현수 부모님과 통화를 했다. 현수가 학교생활에 매진하며 학원에도 성실하게 다니고, 부모님과도 일상적인 대화를 이어가고 있음을 확인했다.

사고의 재발에 대해서는 걱정하지 않아도 될 듯하다. 그 당시 사건에 관련된 친구들과는 멀어졌다고 한다. 안심이 되었다. 보호관찰기간 동안 현수를 잘 보호하는 것이 나의 책임이다.

현수는 지난날의 본인 사건으로 인하여 많은 것을 느끼고 체험했다고 한다. 우리 사회가 진정으로 품으면 빠르게 사회 속으로 들어

올 수 있음을 확인할 수 있었다. 다행이다. 그렇게 되기까지에는 가정의 노력이 컸다고 본다.

무조건 가정에서 감싸기보다는 잘못을 인정하고 불량 친구들과의 만남을 서서히 멀리하면서 본인 스스로 제자리를 찾아가도록 하기까지 얼마나 많은 노력이 필요했을까? 그래도 다른 금쪽이들과 달리, 현수는 돌아올 가정이 있고 품어줄 가족이 있는 건 다행인 일이다.

4월 3일, 세 번째 만남

이날 만남에서 뚜렷한 본인의 목표를 제시하였다. 공과대학에 진학하여 컴퓨터공학을 전공하고 싶어 하였다. 요즘 학생들의 수학을 포기하고 싶어하는 경향이 많은데 현수는 수학과목에 자신이 있다고 하였다. 적극 지지하였다.

조금은 서먹서먹하다가 진정으로 내가 현수를 위한다는 생각을 하게 된 것 같았다. 멘토링의 효과가 서서히 나타나기 시작하였다. 대상자들에게 지시, 지적보다는 기다림과 인정하기, 장점 찾기 등을 통하여 적응을 돕는 것이 특별보호관찰위원의 역할이다.

오랫동안의 교직 경험과 2년 동안의 특별보호관찰위원 경험을 통해 가까이 다가가는 것은 특별보호관찰위원에게 달렸다는 것을 터득하였다. 세상에는 공짜가 없다. 노력 없이 얻어지는 것은 더더욱 없다.

6월 5일, 일곱 번째 만남

지난달 실시한 진로고민영역검사 결과를 설명했다. 현수는 진로에 많은 관심을 보이고 있다는 검사 결과다. 현수는 다만, 관심 가는 직업도 많고 하고 싶은 일도 많아 아직 결정을 내리지 못해 걱정하고 있다고 한다.

하지만 이러한 걱정들이 진로에 무관심하거나 한 가지 진로만 고집하는 것보다 다양한 가능성을 두고 진로를 선택할 수 있다는 것은 좋은 점으로 볼 수 있다는 점을 설명했더니 끄덕였다. 한결 마음의 여유를 가지고 있어서 재범의 걱정은 내려놓았다.

그러나 한시도 내려놓을 수 없는 것이 청소년 범죄이다. 지속적인 관찰과 지도가 필요하다. 부모님과의 변화를 체크하는 일도 보호관찰위원의 몫이다.

7월 5일, 아홉 번째 만남

지난달 6월 12일 실시한 정신건강검사인 스트레스 대처방식 결과를 설명했다. 보호관찰 멘토링활동을 하면서 맨손으로 상담에는 참여하지 않았다. 그동안의 자료를 준비하여 현수에게 제공하였다. 현수는 사회적지지 추구형이라는 결과를 설명하고 스트레스를 받았을때 사회적지지 대처를 사용하고 있음을 확인하였다.

오늘은 인터넷·게임중독 검사도 실시하였다. 한시도 마음 놓을 수 없는 청소년 멘토링에서 가장 문제되는 것이 인터넷 게임중독이다. 현수는 게임에는 관심이 멀다고 하였다. 다행이다. 돌아오는 발걸음이 가볍다.

8월 2일, 열한 번째 만남

이제 만날수록 반가움이 든다. 변화하는 모습을 확인할 수 있다. 불량 친구들과의 거리가 점점 멀어지고 있음을 본인과 부모님으로부터 확인했다. 1차 목표인 멘토링의 효과가 나타나고 있는 것이다.

지난 7월 10일에 실시한 대인관계 선호도 검사 결과를 설명했다. 현수는 매우 낙천적이고 사교적이어서 타인과 매우 잘 협력하고 있다는 점을 설명했다. 자신의 생각이나 감정을 잘 표현하지 않고 잘 어울리지 못하고 친절하지 않고 비판적이며 사람에 대한 불신감이 있고 사람보다는 오히려 사물에 관심이 많다는 점을 설명했다.

동기강화 면담, 진로 동기 강화 검사를 지속적으로 실시하였다. 어디로 튈는지 모르는 보호청소년들, 특히 보호관찰 청소년들을 지도하는 멘토링 한다는 것은 쉬운 일은 결코 아니다. 물론 나만 잘 할 수 있다는 생각도 아니다. 끈질긴 인내와 사랑 없이는 불가능하다고 믿고 있다. 오늘도 가벼운 발걸음으로 집으로 돌아왔다.

12월 5일, 열아홉 번째 만남

열아홉 번째 만남에서 현수는 "선생님! 이제는 걱정하지 마십시오. 그때의 친구들과는 전혀 연락도 없습니다. 연락이 와도 만나지 않을 것입니다. 열심히 공부하여 대학에 진학하여 새로운 삶을 살겠습니다." 그동안의 걱정을 내려놓는 순간이었다.

"그래 현수는 꿈을 이룰 수 있다고 본다. 포기하지 말고 직진해라. 항상 감사하면서 살아라." 나의 노력도 있지만 가정에서의 부모님과 가족들의 노력, 본인의 새롭게 살아야겠다는 의지, 특별보호관찰위원의 믿음 등이 현수를 사회의 구성원으로 돌려놓는데 기여했다고 본다.

발길을 돌리면서 내가 사회공헌사업에 참여하게 됨을 감사하게 생각하면서 멘토링을 마치고 돌아오는 발걸음이 무척 가벼웠다. 집에 돌아와서 현수의 상담일지를 확인해 봤다. 태도 및 의지를 확인하는 참여도, 목표 의식, 그동안의 반성 정도, 시간준수 여부, 재범 가능성(↑), 사회 적응력 등을 확인했더니 멘토링 시작 전과 많은 변화가 있었음을 확인할 수 있었다. 한때의 일탈이 현수에게는 큰 가르침이 되었다고 털어놓는다.

  어디로 튈지 모르는 청소년기의 아이들과의 만남을 지속하면서 느낀 점은 아이들을 사랑으로 대하다 보면 진심을 늦게라도 알게 된다는 점이다. 현수가 공과대학에 진학하여 지난날의 잘못에 대하여 반성하고 더 넓은 세계로 꿈을 펼치기를 응원해 본다. 현수 화이팅!

자기 관리에 뛰어난 영수

3월 3일, 첫 만남

계절은 봄이라고 하지만 조금은 쌀쌀하게 느껴지는 날씨였다. 영수를 처음으로 만났다. 처음 만남에서 영수는 자신의 잘못을 인정하고 모든 잘못은 본인의 잘못이라고 순순히 얘기했다.

첫인상은 솔직하다는 느낌이다. 미래에 대한 뚜렷한 계획은 없지만 본인의 잘못은 분명하게 인정하는 정직한 친구였다. 교통사고 후유증으로, 2개월 정도 고관절 치료를 성실히 받아서 건강을 회복하겠다고 했다. 외동아들이라고 했다. 중학교 3학년 때부터 고등학교 1학년까지는 꽤 열심히 공부를 했다고 한다.

집에서 거는 기대가 컸다고 했다. 고3 시기에 아르바이트를 하다가 오토바이 사고로 처벌을 받게 되었다고 한다. 첫 만남에서는 주로 영수의 얘기를 듣는데 충실했다. 특별보호관찰위원으로 재범방지와 진로지도에 중점을 두고 그동안 멘토링 활동을 전개해 왔기 때문에 오늘의 상담활동을 토대로 영수의 앞으로의 지도 계획을 세웠다.

영수 본인은 특성화 고등학교에 진학하기를 원했으나, 부모님께서 대학은 졸업해야 하여 인문계 고등학교에 진학하기를 원해 인문계 고등학교에 진학했지만 적응에 어려움이 있었다고 한다. 영수가 원했던 진로를 부모님께서 응원했다면 어떤 결과가 있었을까?

3월 10일, 두 번째 만남

영수는 약속시간에 나오지 않았다. 기다리다가 부모님께 연락했더니 자고 있다고 한다. 어머니는 거듭 죄송하다고 했다. 나는 요즘 청소년들은 그럴 수도 있다고 얘기하면서 다음부터는 약속 시간을 지킬 수 있도록 부탁했다. 영수는 한참 후에 약속 장소에 나타났다.

늦은 이유를 물었더니 교제하는 여자 친구와 늦게까지 만남을 이어갔기 때문에 늦었다고 얘기한다. 꾸밈이 없다. 솔직하다. 영수에게 필요한 것은 약속의 소중함이다. 약속은 지키지 않으면 아무 소용이 없다는 사실을 얘기했다.

나는 그동안의 보호관찰 경험에 근거하여 영수에게 필요한 멘토링 계획을 세우기로 했다. 영수는 자기 생각과 의견을 솔직하게 표현하는 데다 상담 활동 자체에 긍정적으로 반응하는 것을 보았을 때 멘토링 활동이 효과가 있을 것으로 판단하였다. 영수의 부모님은 몸은 불편하시지만 자식에 거는 기대가 큰 편이라고 했다. 부모님은 독실한 기독교 신자라고 하면서 영수의 바른 삶을 위해서 기도한다고 했다.

영수는 아버지와 자주 대화를 한다고 하였다. 영수는 항상 아버지로부터 남자는 자신의 책임을 남에게 넘겨서는 안 되고 본인의 책임 져야 한다는 사실을 어릴 적부터 듣고 자랐기 때문에 잘못은 인정하고 과거는 되돌리지 않는다고 했다. 과거는 과거일 뿐이라고 했다. 영수에게도 다른 보호청소년과 같이 보호관찰 체크리스트를 적용하여 멘토링을 실시하였다.

5월 9일, 다섯 번째의 만남

영수는 당초 약속한 시간에 나오지 않았다. 기다렸다. 그래도 오지 않았다. 부모님께 연락했더니 어제 들어오지 않았다고 한다. 걱정이다. 연락이 오면 나에게 연락을 하도록 하고 집에 왔다.

책임감이 강한 영수가 잘못된 것은 아닐까 기다렸다. 오후 늦게 영수에게서 연락이 왔다. 죄송하다고 한다. 늦게라도 나올 수 있냐고 했더니 나올 수 있다고 한다. 안심이다. 멘토링 장소에 도착한 영수는 걱정이 많은 눈치였다. 자초지종을 듣기로 했다.

영수는 어제 자정 무렵에 영수의 생일을 기념하기 위해서 친구 네 명과 홍대 앞에서 함께 술을 마신 후, 음주(0.055) 상태에서 친구의 오토바이를 옮기다가 승용차와 충돌하여 경찰에게 적발되었다는 것이다. 경찰서에 출두하여 조사받을 것이라는 점과 오토바이 운전면허 정지를 받을 것 같다는 얘기했다.

보호관찰기간에 발생한 사고인 것이다. 한순간만 놓쳐도 사고가 발생하는 것이 현실이다. 법에 조치를 잘 따르도록 지도하면서 후속 조치를 확인했다. 벌금을 부과받는 것으로 종결되었다. 자신의 잘못을 인정하고 부과받은 벌금은 아르바이트를 해서 벌금을 납부하겠다고 한다. 모든 책임은 본인에게 있음을 인정했다.

6월 7일, 서서히 영글어 가는 꿈

진로고민 영역 검사 결과를 가지고 이야기를 나누었다. 검사 결과를 통해 영수는 현재 진로에 대한 불안감을 가지고 있음을 알 수 있었다. 혹시 내가 원하는 직업을 얻지 못하지는 않을까 그리고 내가 잘할 수 있을지 등 진로에 대한 불안을 느끼고 있었다.

하지만 이러한 불안은 진로를 선택하는 과정에서 대부분의 사람들이 경험하는 일이며 영수만의 문제는 아니라고 했다. 미래에 대한 불안감이 들 때면 지금 현재의 내가 진로 선택을 위해 할 수 있는 일에 집중하는 것이 도움이 될 것이라고 말하며 용기를 잃지 않도록 했다. 한결 편안한 상태가 되었다.

영수는 이 세상에 자기편이 있다는 사실에 매우 감사하였다. 내가 할 수 있는 일은 영수의 편이 되어 주는 것, 그리고 영수에게도 의지할 수 있는 사람이 있다는 사실을 확인시켜 주는 일이다. 신체검사를 받고 내년에 군복무를 마쳐 건강한 젊은이가 되겠다는 다짐을 한다. 서서히 영글어가고 있음을 확인하는 순간이다.

영수는 사고를 쳐서 이 사회에서 문제라고 생각하고 있었지만 그래도 품어줄 수 있는 사람이 있다는 사실을 알게 해주는 것이 중요한 순간이다.

9월 12일, 열네 번째 만남

영수는 9월 초부터 아르바이트를 시작했다. 이번 기회에 많은 것을 느꼈다고 한다. 군에 입대하여 군 복무를 마치고 제대 후 요식업을 하겠다고 한다. 마음을 다잡았다고 한다. 진심으로 대했다. 이제는 마음속의 모든 이야기를 하는 사이가 되었다. 친구 문제며 특히 여자 친구와의 만남 등 은밀한 얘기까지 할 수 있는 사이가 되었다.

나는 영수를 믿는다고 했다. 할 수 있다고 했다. 그동안의 과정을 지켜본 소감을 진실하게 이야기해 줬다. 이제까지 살아오면서 자기를 믿어준 사람은 특별보호관찰위원뿐이라고 했다. 이제 서로에게 믿음이 싹트고 있다.

형식적인 멘토링이 아니라 진실한 삶의 고백을 하게 된다. 나에게 자기를 믿어달라고 했다. 자신은 절대로 사고를 치지 않겠다고 다짐을 한다. 다짐만으로 끝나는 게 아니라 실천이 중요하다고 했다.

10월 12일, 열여섯 번째 만남

영수는 요즘 군 입대시기에 대하여 고민 중이라고 한다. 육군에서 해군으로 지원하려고 하는데 지원자가 많아서 본인이 원하는 시기에 갈 수 없어서 걱정이라고 한다. 요즘 젊은이가 군 복무 문제를 우선순위로 두는 것은 다행이라고 생각했다.

남자는 군복무를 무사히 마쳐야 사회생활에 전념할 수 있다고 격려했다. 보호관찰기간 동안에 철저하게 자기 관리를 하기로 스스로 약속했다. 아르바이트를 하지 않는 기간에는 체육관에서 운동을 하면서 본인의 삶을 되돌아보면서 자기관리를 잘하고 있다고 한다.

어머니와의 전화 상담에서 많이 달라졌음을 확인했다. 지난날의 잘못과 같은 행동을 하지 않겠다고 다짐하면서 요즘 청소년들의 생활과 자신의 미래에 대해 이야기를 나누었다. 밝게 성장하고 있음을 확인하였다.

11월 9일, 열여덟 번째 만남

11월 2일 실시한 불안증 검사 결과지를 놓고 설명했다. 검사결과 영수는 정서가 안정되어 있으며, 자신이 하고자 하는 일에 있어서 편안함을 느끼며 자신감 있게 할 수 있다는 점을 설명해 줬다.

정신건강 검사'인 알코올 장애 검사를 실시하였다. 영수는 술로 인하여 사고가 났던 친구이기 때문에 어떤 결과가 나올지 궁금하다. 술로 인해 법적 문제를 일으킨 경험이 있다고 대답한다. 영수는 술을 마시면 판단에 어려움이 발생한다고 대답하여 알코올 검사 결과를 토대로 멘토링이 필요하다. 다음 결과때 좋은 결과가 나오기만을 기대해 본다.

한때의 일탈로 보호청소년이라는 틀 속에서 갇혀 있다가 이제 새 삶을 살기 위하여 바르게 성장하는 영수에게 멋진 미래가 펼쳐지기를 응원한다. 사회는 끝까지 포기하지 않고 품는 노력으로 다가가야 한다고 본다.

나는 영수를 멘토링하면서 대학을 졸업해야 한다는 생각을 가진 부모가 많다는 사실을 재차 확인하였다. 그러나 요즘 청소년들은 대학진학을 필수라고 생각하지 않는다. 영수가 고등학교 진로 선택 단계에서 본인의 원하는 특성화고등학교를 진학하여 본인의 적성을 살려 학교생활을 보냈다면 어떻게 되었을까 하는 나만의 생각을 가져 보았다. 세상은 빠르게 변하고 있다.

학교와 가정에 본인의 적성을 살릴 수 있도록 제자와 자녀의 진로를 존중해 주면 어떨까 하는 생각을 해본다. 내일의 밝은 사회를 기약하기 위해서 영수가 뒤늦게라도 꿈이 이루어지기를 응원한다. 영수 파이팅!

새로운 꿈을 찾은 현성

3월 8일, 첫 만남

현성이를 만나다. 약간 겁먹은 얼굴로 약속 시간보다 조금 일찍 약속 장소에 나와 있었다. 현성이의 현재의 상황을 들었다. 현성이는 외동아이였다. 13년 전에 뇌졸중으로 쓰러져 누워있는 어머니를 아버지가 병간호한다고 하였다.

어려운 가정 형편 때문에 어머니는 큰 병원에 가볼 수 없었다고 한다. 의료 기술이 발달했기 때문에 대형병원에 가면 치료할 수 있지 않겠냐고 했더니 돈이 없어서 병원에 갈 수 없어 아버지가 집에서 병간호를 한다고 한다.

현성이는 지난날의 잘못으로 인하여 멘토링(상담) 활동을 받게 된 것이다. 잘못을 뉘우치냐고 물었더니 잘못을 뉘우치고 있다고 했다. 억울하지 않냐고 물었더니 억울하지 않다고 했다. 모두 본인의 잘못임을 인정하였다.

초등학교 6학년에서 중학교 1학년 사이에 있었던 사건에 대하여 현성이는 지난날의 행동에 대하여 진정으로 반성하고 뉘우치고 있다고 했다. 너무 가슴 아픈 사연을 듣고 돌아오는 발걸음이 무거웠다. 꿈이 없다고 하였다. 학교생활이 즐겁지 않다고 하였다.

어떻게 하면 현성이를 도울 수 있을까? 어떻게 하면 현성이에게 꿈을 찾아 줄 수 있을까? 내가 멘토링을 하는 이유는 재발방지와 진로에 중점을 두고 실시하고 있다. 그동안의 경험에 의하면 현성이는 재범 가능성은 매우 낮기 때문에 꿈을 찾는 방법을 고민하기로 하였다. 맹목적인 멘토링(상담)이 아니라 체계적인 상담활동이 필요하다고 느껴졌다.

3월 14일, 두 번째 만남

한국가이던스의 '자아 탄력성 검사'를 실시하고 결과를 설명해 주었다. 검사 결과, 자아탄력 49, 자아 취약 30으로 현성이는 현재 자아탄력성이 높은 상태였다. 자아탄력성이 높으면 낯선 상황에서도 잘 적응할 수 있고 불안에 대한 민감성을 없애거나 낮출 수 있으며 세상을 긍정적인 시각으로 바라본다고 설명해 줬더니 결과에 만족해했다. 지금까지 여러 번 검사는 하지만 자세한 설명을 들어본 적이 없다고 하였다.

첫 만남에서는 겁먹은 얼굴이었지만 두 번째 만남에서는 제법 편안하게 느끼는 것 같았다. 그러나 여전히 꿈은 없다고 하였다. 모두가 하기 싫다고 하였다. 고민이 무어냐고 질문 했더니 한참을 생각하다가 참고서와 용돈이 부족하다고 했다. 현성이와 만나고 돌아오는 길에 현성이의 고민을 도와줄 수 있는 방법을 알아보기 시작하였다.

우선 서울보호관찰소에 알아보니, 보호관찰 종료 시까지 월 10만 원의 장학금을 지급할 수 있다고 하였다. 현성이의 어려운 사정을 주위에 얘기했더니 교직에 재직하던 시절, 수업하는 교장으로 널리 알려진 (전) 신림중 교장선생님께서 매월 5만 원의 장학금을 보내준다고 하여 현성이를 돕는데 힘을 보태주셨다.

내가 할 수 있는 일을 해서 주위의 도움으로 어려움을 해결할 수 있다는 사실에 감사할 따름이다. 내성적인 현성이는 초등학교 때까지는 지역에서 제법 축구 잘하는 아이였다고 한다. 여유 있는 집에서 자랐다면 축구선수로 활동할 수 있을 수 있었지만 가정 형편 때문에 더 이상 축구를 할 수 없기에 좌절한 상태였다.

지금이라도 축구를 할 수 있냐고 했더니 코로나19로 3년 동안 축구를 하지 않았기 때문에 이제는 선수로 활동은 할 수 없다고 하였다. 현성이가 가진 유일한 꿈인 축구선수가 되지 못하면서 모든 것에 대해 의욕을 잃은 상태였다. 꿈이 있냐고 했더니 꿈이 없다고 했다. 학업에도 흥미가 없다고 했다.

다른 집에서 태어났으면 본인의 축구재능을 살려 지금쯤은 축구선수로 성장할 수 있었을 텐데. 모든 걸 내려놓은 듯한 현성이가 빨리 올바르게 성장할 수 있는 길을 찾도록 노력해 보기로 하였다.

모든 것에 의욕이 없던 현성이었지만 어머니에 대한 생각만큼은 애틋했다. 현성이는 본인이 3살 때쯤부터 어머니가 병석에 누우시게 되면서 맘껏 사랑받지 못한 것이 안타까워 지금이라도 큰 병원에서 치료받을 방법은 없는 것인가 하는 고민을 해본다.

나는 현성이에게 꿈을 찾아주기 위하여 진로문제 원인검사, 진로고민 영역검사, 대인관계 능력검사, 대인관계 선호도 감사 인터넷 게임중독 검사 등 다양한 검사를 실시하고 검사결과를 공유하면서 꿈을 찾는 노력을 병행하였다. 반응이 오기 시작하였다. 재촉하지는 않았다. 범죄에 대한 우려보다는 꿈을 찾는 노력을 기울이며 목표를 갖고 살아가도록 지도하였다.

10월 5일, 꿈을 찾아가는 여정

6일간의 긴 추석 연휴가 지나고 만난 10월 초 멘토링 날. 추석 명절은 어떻게 지냈냐고 물어봤더니 전 국민이 명절로 즐거운 한때를 보냈지만 현성이네는 평상시와 다름이 없었다고 대답했다. 질문한 내가 무안했다.

어머니가 병석에 누워있어서 음식 하나 만들 수 없어서 즐거워야 할 명절이 현성이게는 긴 고통이었다는 사실에 나는 너무 부끄러웠다. 같은 서울 하늘 아래 살고 있지만 우리보다 어려운 이웃이 주변에 많다는 사실에 질문한 내가 쥐구멍이라도 찾고 싶은 심정이었다. 지금이라도 13년 동안이나 병석에 누워있는 현성이 어머니가 큰 병원에서 정밀한 검사를 통해 일어날 수 있는 기적은 없을까?

기적을 통해 꿈이 없는 현성이가 꿈을 찾을 수 있기를 기원해 본다. 다음 멘토링(상담)때는 맛있는 식사를 하기로 약속했다. 마음껏 먹을 수 있도록 할 예정이다. 추석 때 혼자 고민했을 현성이를 위한 식사에 초대하기로 했다. 꾸준히 운동을 하기로 약속했다. 하루 1시간씩 운동을 하고 운동 결과를 카톡으로 알리도록 했다. 오늘도 카톡이 온다.

2023년 10월 8일

현성 : 오늘 1시간 걷기 했습니다.

보호관찰위원 : 그래 꾸준히 걷기 운동이라도 했으면 한다.

희망을 가지고 노력해라. 파이팅!

2023년 10월 9일

현성 : 오늘도 걷기 했습니다.

보호관찰위원 : 그래 확실히 달라졌구나.

2023년 10월 11일

현성 : 오늘도 걷기 했습니다.

보호관찰위원 : 어제는 못 걸었니?. 수고했다.

현성 : 넵!

2023년 10월 12일

현성 : 오늘도 걷기 했습니다.

보호관찰위원 : 그래 수고했다.

11월 8일, 계속되는 장학금 지급

11월 둘째 멘토링 때 VIPS ○○점에서 맛있는 식사를 함께했다.

태어나서 처음이라고 했다. 맛있게도 먹는다. 현성이가 드디어 꿈을 찾았다. 바리스타가 되겠다고 한다. 바리스타 자격증을 취득하고 고등학교 졸업 후에 서울시의 청년지원금으로 조그만 카페를 창업하겠다는 말을 하였다. 그동안 내성적이고 꿈도 없던 현성이가 꿈을 찾게 된 것이다. 드디어 무기력했던 현성이가 꿈을 찾았다. 새로운 삶을 살겠다고 한다.

12월 1일, 솔직한 느낌을 쓰다

오늘 만남에서 현성이는 지난달 24일부터 영어 공부를 시작하였다고 한다. '중학영문법 3800제' 3학년 문제집을 구입하여 풀고 있다고 조심스럽게 이야기한다. "처음 만났을 땐 솔직히 조금 무서웠습니다. 하지만 지금은 선생님을 만날 때마다 조금은 기다려졌습니다. 이 만남이 끝나더라도 매일매일 변하려고 노력하겠습니다."

그동안의 느낌을 글로 적어 왔다. 아무런 생각도 없고 꿈도 없던 현성이가 그동안의 멘토링에 대하여 감사하다는 글을 나에게 전해주었다. 공부와는 거리가 먼 현성이가 진심이 느껴지는 글이다. 감사할 줄 아는 현성이가 이제 조그만 꿈을 찾는 과정을 지켜봤다.

가정의 포근함을 느낄 수 없고 학교에서도 학업을 따라갈 수 없어서 특성화고교로의 전학을 원하지만 아버지는 그래도 인문계고 등학교를 졸업하고 대학 진학을 바라고 있다고 한다. 모든 부모님들의 바라는 바와 같아 현성이도 그런 속에서 자라고 있다. 1년 내내 꿈이 없던 현성이에게 멘토링을 마칠 즈음 꿈을 찾았다는 소식을 접하면서 나는 작은 보람을 만끽한다.

변화를 찾았다. 큰 변화보다는 작은 변화를 보았다. 아버지는 대학진학을 바라고 있다고 하지만, 현성이 본인은 대학 진학보다 우선 바리스타 자격증 취득이 중요하다고 말한다. 빨리 돈을 벌어 가정을 책임지고 어머니의 병을 고치는 일을 하고 싶다고 한다.

무기력에 빠진 현성이에게 변화를 보인 것은 그동안의 현성이에게 맞는 검사와 상담을 통하여 꿈을 찾도록 노력했다. 결실을 보게 된 것이다. 멘토링이 끝나지만 (전)신림중 교장선생님의 장학금도 계속 지급해 주기로 약속했다.

꿈이 없던 현성이가 꿈을 찾게 된 것이다. 보호관찰위원으로 참여하게 되었다는 사실에 보람을 느껴본다. 큰 꿈을 꾸었으면 한다. 현성이와의 멘토링은 끝나지만 계속하여 관심을 갖고 추수지도를 하기로 현성이와 약속했다. 현성이의 조그만 변화가 사회에 기여하는 길이라고 본다. 현성이의 꿈이 이루어지기를 응원한다. 현성이 파이팅!

불평불만 털어버린 현강

2023년 2월 말 현재, 학교 밖 청소년은 전국 고등학교 학생의 1.9%인 2만 3981명, 특히 특성화고교의 학교 밖 청소년은 3.9%인 7157명이다.

2021년 10월에 현강이는 특성화고등학교 1학년 때 스스로 학교 밖 청소년이 되었다. 현강이가 4살 때에 부모님은 이혼하셨다. 부모님의 이혼 이후, 현강이는 아버지와 함께 생활하다가 최근 음주운전으로 아버지와 갈등이 생겨 현재는 ○○동에서 어머니와 생활하고 있었다. 현강이는 심성은 착하게 느껴지나 생활의 리듬을 잃고 체계적인 생활을 하지 않고 있었다. 중학교시절에도 사고로 인하여 학교를 두 번 옮겨 다녔다고 한다.

처음에는 그동안 살아온 삶에 대하여 물어봤다. 물어보는 것만 간단하게 대답하면서 귀찮아하는 눈치였다. 빨리 정해진 시간만 가기를 바라는 눈치였다. 오랫동안 앉아 있는 것이 별 의미가 없다고 느꼈다. 다음 만날 날을 약속하고 자주 연락하도록 하고 헤어졌다.

현강이는 심성은 착하다고 느껴졌으나, 삶의 의지도 목표도 없이 아무 생각이 없는 것처럼 보였다. 현강이와 헤어지고 돌아오는 길에 현강이를 어떻게 지도하면 밝은 삶을 유도할 수 있을까 고민하며 집으로 왔다.

집에 도착하자 현강이가 알려준 현강이 어머니와 전화 상담을 했다. 현강이 어머니는 이혼 이후 현강이를 제대로 키우지 못하다가 최근에야 같이 살게 된데다 넉넉한 형편이 아니어서 현강이에게 미안한 마음을 가지고 계셨다. 현강이 어머니에게는 현강이가 잘못된 길로 가지 않도록 관심을 가져주시고 필요하면 언제든지 연락할 것을 주문하고 통화를 마쳤다.

두 번째 만남에서 현강이에게 꿈이 뭐냐고 했더니 온라인 의류사업을 하고 싶다고 했다. 아, 꿈이 있다는 사실에 변할 수 있음을 확인하는 순간이었다. 현강이는 지난날을 반성하고 있으며, 일찍 기상하여 정상적인 활동을 하겠다고 다짐을 하지만 잘 지켜지지 않고 있었다.

현강이는 평소 오후 1시~2시쯤에 일어나서는 운동을 하거나 PC방에서 게임을 한다고 했다. 헬스장에서 꾸준히 2시간 정도 운동하는 게 유일한 일과였다. 나머지는 PC방에서 시간을 보내기 때문에 불규칙한 삶이었다. 현강이에게 필요한 것은 계획적이고 체계적인 삶을 살도록 하는 것이 중요하다고 생각하였다.

한국가이던스의 자료를 활용하여 대인관계 검사를 실시해보니 현강이는 상 등급에 해당하는 점수(67)가 나왔다. 자신감이 넘치며 지배적인 성향이 있다고 설명해주니 만족해하는 눈치였다. 지금까지 본인의 특성이나 장점을 자세하게 설명을 들어본 경험도, 존중받아본 적도 없는 것 같았다. 인격적으로 존중하면서 가까이하는 노력을 기울였다.

드디어 마음의 문을 열었다. 세 번째 만남에서 필자가 몸이 뚱뚱하여 어떻게 하면 날씬할 수 있냐고 물었더니 자신이 가지고 있는 모든 지식을 총동원하여 다이어트 종류와 음식을 조절하는 방법을 설명하기 시작하였다. 현강이는 보호관찰위원에게 설명할 수 있다는 사실에 너무 신이나 있었다. 나는 현강이에게 고맙다는 말을 했다. 자신감을 갖는 눈치였다. 그 모습을 지켜보면서 아이의 변화를 느낄 수 있었다.

네 번째 만남에서 대인관계 검사를 하고 검사결과를 설명했다. 대인관계 검사는 사람들과 두루 관계를 맺고 타인과의 관계에서 자신의 입장을 표현할 수 있는 능력이 있는지를 측정하는 척도임을 설명해 줬다. 높은 점수인 경우 사람들과 쉽게 관계를 맺을 수 있고 자기표현을 잘 할 수 있으며, 극단적으로 낮은 점수는 대인공포증이나 회피성 성격장애를 시사 한다는 점을 설명한 후 현강이의 대인관계능력 검사 결과를 설명해 줬더니 대단히 만족해하는 눈치였다. 변할 수 있구나.

무의미하게 시간을 보내지 말고 일거리를 찾아보도록 했다. 무기력했던 현강이가 8월에 실시하는 검정고시를 준비하겠다고 하면서 도움을 요청하였다. 현강이 어머니와 통화를 하면서, 현강이 어머니는 현강이가 검정고시에 합격하여 고등학교 졸업장은 받았으면 한다고 하셨다. 너무나 반가웠다. 공부와는 거리가 멀어 보였던 현강이가 검정고시를 봐서 고졸 자격증을 취득하겠다는 것이다.

나의 교직 경험을 살려 우선 검정고시에 합격할 수 있는 방법을 찾아보기로 하였다. 3개 년 기출문제를 서울시교육청으로부터 제공받아 현강이에게 전달하고 학습방법을 알려줬다. 반응이 왔다. 현강이 어머님께도 연락을 했다. 너무나 반갑고 고마워했다. 칭찬해 주도록 부탁을 했더니 지켜졌다. 어머니도 적극적으로 협조를 하였다. 어머니는 하나뿐인 아들 현강이가 고등학교 졸업장을 받는

게 엄마의 책임이라고 느끼고 있었다.

그렇게 무기력했던 현강이가 검정고시를 준비하기 시작했다. 범죄와는 거리를 두기 시작했다. 멘토링의 효과가 나타나기 시작했다. 고졸검정고시 준비 사항을 확인한 후, 서울공고에서 실시하는 고졸검정고시 응시원서를 접수하였다. 선택 과목은 현강이가 관심 있어 하고 합격이 용이한 '체육'으로 선택하였다.

현강이에게는 검정고시에 합격하기 위해서는 필수 6과목과 선택 1과목의 총점 420점만 받으면 합격한다는 사실을 설명하고 과목별 학습방법을 알려주었다. 하루 5시간 정도는 PC방에서 '서든 어택'이라는 게임을 하던 현강이가 게임시간을 줄이기 시작했다. 변화가 일어났다. 멘토링이 없는 날도 점검을 했다. 어머니에게도 부탁을 했다. 조금만 관심을 가져 달라고 부탁했더니 현강이 어머니는 감사하게 생각하여 잘 따라 주었다.

☞ **보호관찰위원** : 한 아이가 올바르게 성장하기 위해서는 주위에서 많은 사람이 필요합니다. 현강이가 사회의 기둥으로 잘 성장할 수 있도록 힘을 모아야 합니다.

현강 모 : 네 알고 있습니다. 아버지도 신경 쓰도록 현강이가 왔다 갔다 했으면 좋겠어요. 선생님이 신경 써 주셔서 감사드립니다.

그렇게 공부와는 거리가 멀었던 현강이가 8월 10일 검정고시장에 나갔다. 검정고시 전날에 어머니에게 다음과 같은 문자와 전화를 했다.

66

○○이 어머님께

내일 ○○이 검정고시 응시와 관련하여 몇 가지 부탁드립니다.

- 준비물 : 신분증, 수험표, 컴퓨터용수성싸인펜,(점심도시락)
- 08:20까지 수험장 도착 완료
- 수험장(구암중)에는 주차가 불가합니다.

부탁의 말씀은 시험장에 늦게 도착하여
시험을 치르지 못하는 경우가 있을 수 있습니다.
내일(10일)은 일찍 기상하여 가급적이면
시험장까지 인솔 부탁드립니다.
특별보호관찰위원 김창학 드림

99

현강이는 시험장에 일찍 도착하였다고 한다. 많은 아이들이 시험장에 늦게 도착하여 시험을 제대로 보지 못하는 경우가 많지만 어머니가 관심을 갖고 있어서 늦지 않게 도착하여 시험을 봤다는 사실에 안도하였다.

9월 1일 검정고시 합격자 발표가 있었다. 기대하지는 않았는데 현강이는 고졸 검정고시에서 5개 과목에서 합격(국어 60, 영어 60, 사회 80, 과학 64, 체육 76)하였지만, 결국 첫 검정고시는 합격하지 못했지만 기적이 일어난 것이다. 처음 만났을 때 밤에는 오락게임에만 빠져있던 현강이가 검정고시를 준비하여 5과목이나 합격했다는 사실이다. 현강이는 내년 4월에 수학과 한국사 과목을 준비하여 최종 합격하겠다고 하였다. 자신감을 갖는 눈치였다. 할 수 있다는 자신감을 갖는 계기가 되었다.

놀라운 변화였다. 꿈을 찾았다는 것이다. 현강이는 현재 아르바이트 일자리를 찾았다. 근무일을 화, 수, 금, 일요일 근무한다고 하면서 군입대 전까지 천만원을 모을 계획으로 내년 3월중에 군입대 계획을 갖고 있다고 하였다.

변화는 멀리 있는 것이 아니라 가까이에서 일어나고 있었다. 첫 월급을 받고 어머니에게 용돈 50만 원을 드렸다고 한다. 그동안 어머니에게 용돈만 받던 현강이가 용돈을 드렸다는 사실은 변화였다. 칭찬을 해줬다. 낮과 밤이 바뀌고 게임에만 몰두하던 현강이가 변했다. 무엇이 현강이를 변하게 했는가? 사랑과 관심이다. 현강이 어머님과 멘토링이 없는 날에도 현강이에게 관심을 갖고 대화를 했다.

66

현강 모 : 현강이랑 통화했어요. 잘하고 있습니다. 전화할 꺼에요.

집에 있습니다. 신경 써 주셔서 감사합니다. 선생님!

보호관찰위원 : 고맙습니다.

99

아버지와 왕래를 한다고 한다. 가정의 평화가 이어졌으면 한다. 현강이는 할 수 있다. 잘할 수 있다는 용기를 불어넣었다. 매월 2차 례의 현강이에게 필요한 검사를 실시하고 검사 결과지를 놓고 원인 을 분석하고 조언하는 일과 대비책을 같이 찾는 노력을 하였다. 그 동안 보호관찰 전력이 있고 함께 사고 쳤던 친구들과도 이제는 멀 어졌다고 한다. 현강이 스스로 불량 친구들과의 교류를 하지 않고 있다고 한다.

멘토링 날짜에는 늦는 일도 없었다. 얼마 전에는 정신건강 검사 인 '스마트폰 검사'를 실시하였다. 스마트폰중독검사에서 현강이는 '스마트폰을 집에 두고 나오면 하루 종일 걱정 되거나 불안하다', '중 요한 일이 있을 때도 스마트폰 전원을 끄지 못하고, 스마트폰을 자 주 꺼내 문자나 전화가 왔는지를 확인한다'고 답변하였다. 스마트폰 중독이었다. 서서히 스마트폰을 멀리하도록 하였다. 지켜지고 있었다. 사랑과 관심이 변화를 가져올 수 있다는 사실이다.

현강이는 어렸을 때 부모가 이혼했지만 부모를 원망하지 않는다고 했다. 아버지는 아버지대로 어머니는 어머니대로의 삶을 존중한다고 하였다. 원망과 불평을 할 수도 있으련만 현강이는 부모의 의사를 존중한다고 하였다. 어린 시절 할머니 손에서 자라다가 아버지의 직장 때문에 아버지랑 단둘이 함께 생활했지만 누구를 원망하지 않는다고 했다. 본인이 학교생활을 성실하게 하지 않았기 때문에 잘못은 본인에게 있다고 한다.

의젓한 모습에서 몇 개월 사이에 PC방에서 오락게임으로 밤과 낮이 바뀌어 생활하면서 변화를 기대할 수 없었던 현강이가 이제는 어엿한 직장인으로 탈바꿈하는 모습을 현장에서 직접 확인하였다. 무엇이 현강이를 변화하였을까? 생각해 본다. 꿈을 심어주는 노력을 현강이가 잘 받아들였기 때문이라고 본다. 많은 변화를 가져 온 현강이가 이제는 범죄와는 거리가 먼 평범한 사회인으로 거듭나길 기원해 본다.

보호청소년들을 대상으로 특별보호관찰활동을 하는 것은 어쩌면 쉬운일 일 수 있다. 단지 재범만 하지 않도록 지도하는 것만으로는 안 된다고 본다. 재범을 막기 위해서는 보호청소년들의 진로를 개척하지 않고는 근본적인 해결책을 제시할 수 없다는 것이 필자의 생각이다.

좌절과 번뇌, 고통이 수반되는 업무임에는 틀림이 없다. 이러한 고통과 번뇌를 이겨내기 위해서는 긴 기다림과 사랑이 절대적으로 필요하다고 본다. 단시일 내에 잘못된 습관을 고치려는 자세는 절대 안 된다고 본다. 보호관찰위원으로의 보람을 느껴본다. 이것이야말로 사회공헌사업이 아닌가? 범죄 없는 사회를 꿈꾼다. 현강이 파이팅!

사랑과 관심만이 해결의 실마리

———

'특별한 금쪽이 900일의 기록'을 탈고하면서 필자는 아주 소박한 꿈을 가져 본다.

최근 서현역 흉기 난동, 신림역 칼부림 사건 등으로 온통 사회를 혼란스럽게 만드는 상황을 근본적으로 해결하려면 어디에서부터 접점을 찾아야 할까? 일정 시간이 지나면 사건은 모두 잊고 아무 일도 없었다는 듯이 사회가 돌아간다면 이러한 흉포한 일은 반복될 수도 있음을 우리는 잘 알고 있다. 과연 해결의 실마리는 어디에 있을까?

여기서, 한평생 교단에서 학생 지도를 담당했던 전직 교사의 입장에서 보면 그 접점과 실마리는 학교 안에 있지 않을까 하는 생각을 조심스럽게 해 본다. 여러 가지 이유로 교육자들이 품지 못하고 학교 밖으로 내보낸 청소년이 얼마나 많은가? 아니 매년 증가하는 학교 밖 청소년들을 우리는 품으려고 충분한 노력을 했을까? 라는 아쉬움이 교단에서 내려와서야 반성하게 된다.

KESS(교육통계시스템)에 의하면 2023년 2월 기준으로 중학생의 0.7%인 9585명, 고등학생의 1.9%인 2만 3981명이 학교 밖 청소년이다. 이러한 통계적 수치는 매년 증가 추세에 있다고 한다.[1] 소년원 교육도 전년(2022년) 동기 대비 9.2%[2]가 증가하였으며, 2022년 12월 말 기준으로 보호관찰 사건 수 19만 258건, 전국보호관찰관 수 1864명, 1인당 관리 대상자 수 102명[3]이다.

보호관찰 인력이 상대적으로 매우 부족하다. 지금과 같은 시대에 보호관찰 직원 1명이 102명을 관리한다는 것은 사실상 손을 놓았다는 편이 옳은 지적이다. 사회의 혼란과 사회적 비용이 증가하는 현실을 이제는 차단해야 하는데 이에 대한 사회의 관심은 미미한 편이고 정책적 방안도 다소 미흡한 편이다. 특히, 보호관찰 청소년의 진정한 교육 또는 자활을 돕기 위해서 다음 두 가지는 개선할 필요가 있다.

---

1) 2022년 2월 말 기준 중학생 3472(0.55%)명, 고등학생 2만 131(1.5%)명이다. 2021년 2월 말 기준 중학생 5976(0.5%)명, 고등학생 1만 4439(1.1%)명이 학교 밖 청소년으로 생활하고 있다.
2) 2023 법무부 국정감사 자료 인용
3) 권칠승 국회의원실 자료 인용

첫째, 이들에 대한 접근 방법을 개선할 필요가 있다. 비행을 저지르지는 않는지 관찰만 해서는 안 된다는 것이다. 즉, 법무적 시각이 아니라 교육적 시각이 절대적으로 필요하다. 따라서 보호관찰 인력을 선발하거나 재교육할 때 법무인력과 교육인력을 동시에 선발하고 교육하여 현장에서 유기적인 협조체계가 이루어져야 할 것이다.

둘째, 학교 내에서 문제 학생이 생기면 우선 환경을 바꿔줘야 한다. 새롭게 꿈을 설계할 기회를 주기 위하여 전학을 권유함으로써 스스로 학교 밖 청소년으로 전락하는 것을 막는 제도적 뒷받침과 교육당국이 노력을 할 필요가 있다.

이 책의 독자는 학교 밖 청소년을 비롯한 보호청소년, 학부모, 교원 및 교육부 관계자, 법무 공무원 등 다양할 것이다. 이 책을 읽고 학교 밖 청소년이나 보호관찰 청소년에 대한 인식이 긍정적으로 바뀔 것으로 기대한다. 우리가 그들을 따뜻하게 품으려는 노력을 얼마나 했는지 스스로 반성하면서 우리 사회가 지금이라도 관심을 갖고 학교 밖 청소년과 그늘진 곳에서 움츠리고 있는 금쪽이들을 향한 손길을 펼칠 때가 되었다.

필자가 담당했던 보호관찰 대상자의 67%가 학교 밖 청소년이라는 사실은 학교 밖 청소년을 줄이는 노력을 병행하지 않으면 보호청소년을 줄이는 대책도 효과가 없다는 사실을 체험을 통해 실감했다. 우리의 학교교육이 학교 밖 청소년을 줄이는 획기적인 대책을 강구할 필요가 있다고 본다.

일탈한 청소년들을 대상으로 보호관찰을 하는 업무는 그리 쉬운 것은 아니라고 본다. 특별보호관찰위원 스스로가 고통과 번뇌를 이겨내기 위해서는 긴 기다림과 사랑이 절대적으로 필요하다. 단시일 내에 잘못된 습관을 고치려는 자세는 절대 금물이요 가능하지도 않다.

필자도 우리 사회에 그런 그늘이 있다는 사실을 보호관찰 업무를 하면서 뒤늦게 알게 되었다. 누구를 탓할 수 있을까? 한때의 잘못과 일탈을 옹호해서는 안 되지만 그래도 품으려는 노력을 포기하지는 말았으면 한다. 이유는 간단하다. 우리 사회가 감당할 사회적 비용이 너무 크다는 사실이다. 사회적 비용을 조금이라도 줄였으면 하는 필자의 소박한 꿈이 실현되기를 간절히 기도한다.

특별한 금쪽이
900일의 기록

초판 1쇄 발행 2023년 12월 9일

지은이 김창학
펴낸이 이낙진
편집 · 디자인 홍성주
펴낸곳 도서출판 소락원
주소 경기도 양평군 강상면 강남로 714-24
전화 010-2142-8776

ISBN 979-11-975284-3-9 03810

• 책값은 뒤표지에 있습니다.
• 파본은 구입하신 서점에서 교환해 드립니다.